Anna Theresa Schreiber

Absurde Nikodemische Ethik

AF237345

Anna Theresa Schreiber

Absurde Nikodemische Ethik

Autobiografie von Nikodemos Haselhuhn

Impressum

Bibliografische Information der Deutschen
Nationalbibliothek:
Die Deutsche Nationalbibliothek verzeichnet diese
Publikation in der Deutschen Nationalbibliografie;
detaillierte bibliografische Daten sind im Internet über
http://dnb.dnb.de abrufbar.

© 2021 Anna Theresa Schreiber

Herstellung und Verlag: BoD – Books on Demand,
Norderstedt

ISBN: 9783754305065

Der Narr hält sich für weise,

aber der Weise weiß, dass er ein Narr ist.

William Shakespeare

Vorwort:

Ein Genrewechsel steht bevor. Nikodemos wollte es nicht anders. Wir hätten bei den gut verkäuflichen Krimis bleiben können. Es wäre nur ein bisschen Fantasie nötig gewesen. Sein Abenteuer aus dem ersten Semester hätte der perfekte Auftakt für eine Krimireihe über einen studierenden Detektiv sein können. Niemand hätte etwas gemerkt. Aber der Philosoph hat sich geweigert. Seit der sich mit Existenzialisten beschäftigt, labert er andauernd etwas von „Authentizität" und will, dass sein Leben „authentisch dargestellt" wird.

Ich versuchte es zunächst mit Widerspruch. Wir hatten gerade ein Buch mit dem Titel „Wer stirbt schon gern wie Sokrates?" mit der Genrebezeichnung „Krimi" unter einem langweiligen Pseudonym veröffentlicht. Es basiert tatsächlich auf seinen authentischen Erlebnissen als Ersti. Wir konnten nicht einfach eine Fortsetzung schreiben, die noch weniger ein Krimi war als der erste Band! Doch Nick blieb stur: entweder seine authentische Biografie oder kein weiteres Buch mehr. Das ging nun wirklich nicht, da wir bewusst offene Fragen gelassen hatten:

1. Wie bin ich (Tobi) sein Biograf geworden?

2. Wer ist Gregor wirklich?

3. Welches Geheimnis hat Elenore?

4. Was wird aus Nikodemos´ Detektivausbildung?

Ich hatte also keine Wahl. Und unterschrieb das Todesurteil für die geplante Buchreihe. Dann fragte ich den exzentrischen Studenten, warum er der Kriminalliteratur abschwören wollte. Er antwortete zerstreut: „Das Sprachspiel hat sich geändert." Es folgte eine lange und komplizierte Erklärung, die ich mir nicht gemerkt habe. Jedenfalls hat sich seine Lebenssituation dahingehend geändert, dass Nick nun doch nicht der universitäre Ermittler geworden ist und die Erzählung seiner Erlebnisse somit nicht mehr als „Campus-Krimi" gelten darf.

„Niemand liest heute noch Krimis", belehrte er mich. „Ich mache aus meiner Autobiografie besser philosophische Belletristik. Oder vielleicht wird es eine Satire, das werden wir dann sehen."

„Hat vor uns schon einmal jemand eine Buchreihe mit genau zwei Bänden geschrieben, bei der zwischen dem ersten Buch und der Fortsetzung heimlich das Genre gewechselt wird?", fragte ich argwöhnisch.

„Man nennt das Dilogie. Was den Genrewechsel angeht - das Leben ist absurd, wir sind radikal frei und die Welt befindet sich in einer Krise. So ein verlegerisches Sakrileg ist angesichts unserer existenziellen Situation durchaus angemessen", gab er seine Gründe für die Entscheidung an.

„Das hast du alles vom Phantom", warf ich ihm vor.

Doch der Student ließ sich nicht aus der Ruhe bringen. „Ich gebe es ungern zu, aber ohne das Phantom wäre dieses Buch nicht, was es ist. Wir brauchen unser Phantom. Und widersprich mir nicht immer! Sonst streiche ich dich aus der Handlung", drohte er ziemlich verwegen.

„Dann ist es aber nicht mehr authentisch", sagte ich.

Er runzelte die Stirn. „Na schön. Alles bleibt drin. Alle Detektive, Phantome, Maler, Damen, Dozierenden, Philosophierenden und Fledermäuse. Und natürlich die Therapie im Existenzialisten-Keller sowie die Philosophen–Graffiti . Zufrieden?"

Ich war überhaupt nicht zufrieden mit dieser Projektplanung. Doch Nikodemos Haselhuhn schien irrsinnig froh darüber zu sein, seine außerordentlichen Irrtümer und deren Folgen nun mit der Welt teilen zu können. Nick wird schon wissen, was er tut ...

1

Das Kugelfisch-Komplott

Erstens: *Jede Situation ist immer nur so seltsam wie die daran beteiligten Personen.*

Zweitens: *Jeder großen Erkenntnis geht ein großer Irrtum voraus.*

Das waren die Zitate, die den Auftakt der Haselhuhn´schen Aphorismen-Sammlung bilden würden. Weiter war ich damit noch nicht gekommen, aber diese zwei Sprüche hatte ich meinen empirischen Erfahrungen der letzten Monate zu verdanken. Meine Zitate halfen mir in dieser Situation aber auch nicht weiter. Delphine war nicht bereit, mir meinen neuesten Fehltritt so ohne Weiteres zu verzeihen.

Die Professorin hatte sich auf ihrem Lieblingssessel im Wohnzimmer niedergelassen und sah mich forschend an. Ihr Schweigen konnte nichts Gutes bedeuten. Luise lehnte im Rahmen der Küchentür, hatte die Arme verschränkt und beobachtete interessiert das Geschehen. Mir blieb nichts Anderes übrig, als auf die weisen Worte der Professorin zu warten und ich warf einen raschen Blick auf die Tarotkarte, auf der Elenore mir Ort und Zeit für ein Treffen notiert hatte. Der Narr. Was sie mir damit wohl sagen wollte?

Es war viel passiert in letzter Zeit, ein Gespräch mit dem Phantom und dann Elenores überraschender Spontanbesuch. Ich war müde und durcheinander und mir behagte es gar nicht, dass meine Dozentin, die leider auch noch meine

Vermieterin war, nun ebenfalls eine Unterredung wünschte. Und Luises schadenfroher Gesichtsausdruck machte die Sache wirklich nicht besser.

Endlich fing Delphine Manet an zu sprechen:

„Nikodemos – Sie haben den Bogen überspannt. Dass sie mir die Miete wieder einmal nicht zahlen konnten, sich Kriminalfälle einbilden, wo keine sind und sich an Menschen mit … einer speziellen Lebenseinstellung orientieren mag alles noch so hingehen. Aber dass sie deshalb Ihren Essay in Erkenntnistheorie vergessen haben - das ist zu viel!"

Es ging um den blöden Essay? Und ich dachte schon es wäre etwas Schlimmes.

„Es wird Zeit, dass Sie sich der Realität stellen", tadelte mich die Professorin und Luise nickte im Hintergrund bedeutend dazu.

„Welche Realität?", fragte ich gelassen und nahm einen Schluck Tee.

Doch es war ihr offensichtlich ernst mit dem Essay. „Mimen Sie hier nicht den Skeptiker, sondern schreiben Sie lieber auf akademischem Niveau darüber", gab sie ärgerlich zu Bedenken. „Sie mögen sich für einen genialen Detektiv halten, aber …"

„Ich soll mir wieder ein Nebenfach suchen?", beendete ich für sie den Satz.

Sie seufzte und sah mich an, als wäre ich ein hoffnungsloser Fall. „Ich habe Ihnen nie erlaubt, ihr Nebenfach aufzugeben. Was hätte ich dem Fachbereich erzählen sollen? Dass ich Sie zum Detektiv ausbilde? Das war eine Spinnerei von Professor Heidesand. Wenn Sie Physik abgewählt haben, müssen Sie sich jetzt eben eine Alternative überlegen. Ich war ja gern bereit dazu, das Experiment mit der Detektivausbildung zu wagen, Credits hätten Sie dafür aber keine bekommen. Doch ich merke schon, ich hätte es besser nie vorgeschlagen. Was Sie sich da in den letzten Semesterferien geleistet haben … vielleicht haben Sie einfach einen verkehrten Eindruck von einem Universitätsstudium bekommen. Was mein Kollege Ihnen im ersten Semester angetan hat, muss Sie in irgendeiner Form traumatisiert haben. Sie sind überhaupt nicht mehr in der Lage, die Studienleistungen angemessen einzuschätzen. Sie wollen lieber Detektiv spielen. Und diese Unruhestifter ermutigen Sie auch noch dazu!"

Ich ahnte, worauf sie gerade anspielte. Nun, das war wirklich keine Glanzleistung von mir gewesen. Aber aus Fehlern lernt man doch?

Luise, die Spionin an der Küchentür, konnte sich inzwischen das gehässige Grinsen nicht mehr verkneifen. „Kein Grund zur Panik …", neckte sie mich.

Oh ja, es ging um dieses Kapitel meiner unrühmlichen Taten. Doch ich hatte nicht mit Delphines haarsträubender Auslegung dieser Geschichte gerechnet.

„Was Sie brauchen, ist eine Therapie", kam sie direkt zur Sache.

Ich sah sie ungläubig an. „Ich? Aber ich bilde mir keine merkwürdigen Sachen ein, im Vergleich zu …", begann ich meine Verteidigungsrede, verstummte aber sofort. Ich bewegte mich auf sehr dünnem Eis.

Delphine und ihre Nichte wechselten einen raschen Blick.

„Das sogenannte Kugelfisch-Komplott war Ihrer Meinung nach keine merkwürdige Einbildung?", stellte Delphine meine kritische Reflexionsfähigkeit direkt in Frage.

Ich tat zerknirscht. „Das war eine Ausnahme, irren ist menschlich."

„Und wollten Sie gerade eben noch einen Vergleich andeuten? Einen Vergleich zu wem? Elenore? Oder doch direkt zu Heidesands Assistenten? Wenn Sie diese Leute als Maßstab nehmen, dann halte ich den Weg zur unmittelbaren Besserung für ausgeschlossen."

Unfassbar, sie hielt mich wegen diesen paar Kleinigkeiten wirklich für einen Psycho.

„Aber deshalb gleich eine Therapie?", meinte ich langsam.

Als Delphine meine finstere Miene sah, lachte sie kurz und sah mich mitfühlend an. „Oh nein, ich wollte Sie nicht damit erschrecken. Nicht *so* eine Therapie. Eher eine Art … Studienrehabilitationskurs. Damit Sie die Vorstellung vom Dasein als Philosophiedetektiv endlich loslassen können und lernen, sich ganz ihrem Studium zu widmen. Ich würde dann die Therapiegruppe leiten."

Und ich hatte gedacht, mich könnte inzwischen nichts mehr wundern. Wieder ein Irrtum.

„Gruppe?", hakte ich benommen nach.

„Wie Sie schon sagten, es gibt gewisse Menschen an der Universität, denen würde diese Art von Hilfe ebenfalls gut tun … und als reine Weiterbildungsmaßnahme könnte das doch auch den Malern gut gefallen!"

Ich war fassungslos. Eine Therapiegruppe mit Elenore sowie dem ehemaligen Assistenten von Heidesand und den Malern unter der Leitung von Delphine Manet. Konnte es etwas Seltsameres geben?

„Luise, du wirst unseren Sitzungen auch beiwohnen", teilte die Professorin ihrer Nichte mit. Das amüsierte Grinsen verschwand augenblicklich aus ihrem Gesicht. „Ich habe keine Zeit", protestierte sie. Delphine ging nicht darauf ein und wandte sich wieder mir zu. „Sind Sie schon hinreichend von der Notwendigkeit dieser Maßnahme überzeugt?", erkundigte sie sich bei mir.

„Nein", sagte ich ehrlich. „Es ist zu früh, um die Detektivarbeit aufzugeben."

„Dann überlegen Sie gut, was ihre sogenannte Detektivarbeit Ihnen in den letzten Monaten beschert hat. Lassen Sie alles Revue passieren und geben Sie mir dann Bescheid. Ihr Studium steht wieder einmal auf dem Spiel, vergessen Sie das nicht!", drohte Delphine.

Mein Verhalten in besagtem Fall war in der Tat suboptimal gewesen. Um meine fehlgeschlagenen Ermittlungen der Leserschaft begreiflich zu machen, folgt nun ein Bericht über das Chaos, welches meine Zurechnungsfähigkeit in solchem Maße in Frage gestellt hat.

Das brisante Detail dabei ist: nicht ich habe diesen Bericht geschrieben. Luise hat ihn verfasst. Da ich mich gern in philosophischen Spitzfindigkeiten verliere, hat Tobi beschlossen, dass ihr Gutachten über mich sich besser eignet.

Die interessante Frage, warum die vielbeschäftigte Studentin der Klimawissenschaften Aufzeichnungen über mein Leben anfertigt, wurde mir leider bisher nicht beantwortet.[1]

---

1   Luises Antwort: Warum ich über meinen Mitbewohner schreibe? Seine Andeutungen über Fugus waren besorgniserregend. Dementsprechend rechnete ich damit, bald eine Zeugenaussage machen zu müssen.

Psychologisches Gutachten über Nikodemos Haselhuhn im Fall „Kugelfisch- Komplott"

von Luise Manet

Es ist mir bewusst, dass ich Haselhuhn nicht an den üblichen Kriterien der Normalität beurteilen kann. Seit er bei meiner Tante eingezogen ist, vergeht selten ein Tag ohne dass er Anlass zur Sorge gibt.

Er trägt meistens seltsame Vintage-Klamotten, die er wahllos mit modernen Sachen kombiniert, liest nur alte Bücher und hat eine komische Kaffee-oder-Tee-Logik nach der er entweder den ganzen Tag nur Kaffee oder nur Tee trinkt. Außerdem ist er launisch und unberechenbar: wenn eine Hausarbeit nicht gut läuft, wirft er schon mal mit Stühlen. Manchmal schweigt er tagelang und hält anschließend nicht enden wollende philosophische Reden. Spaziergänge mitten in der Nacht sind für diesen Zeitgenossen nichts Ungewöhnliches (einmal habe ich ihn schon für einen Einbrecher gehalten, weil er im Dunkeln so verdächtig durch den Garten schlich).

Gesetzt der Fall, Haselhuhn wird einmal das, was die Welt gemeinhin unter dem Begriff „Philosoph" bewundert und ob seiner Weisheit anstaunt, ist sein Gehabe wohl ein „angemessenes Verhalten".

Doch der imaginäre Fugu war zu exzentrisch, sogar für seine Verhältnisse.

2. März:

Haselhuhn ignoriert seine Mietschulden, indem er „Die Bohème" von Henri Murger liest (das Buch ist so alt, dass es fast auseinanderfällt).

Er nimmt sich wohl die Protagonisten zum Vorbild. Es geht um eine Clique junger Möchtegern-Künstler im Paris des

14

19.Jahrhunderts. Ihnen fallen viele Tricks ein, um die Miete nicht zahlen zu müssen (und bei unerwartetem Geldsegen in dekadenten Schnickschnack zu investieren). Ich frage mich, wie lange Haselhuhn noch hier bleibt … oder hat er etwa ein Geheimnis mit meiner Tante?!

5. März:

Haselhuhn hat einen Kommilitonen (Sven) in Konstanz besucht. Dessen Mitbewohner, ein Informatikstudent aus Japan (Kazuhiko) hat ihm wohl einen Job in einem japanischen Edelrestaurant an der Schweizer Grenze empfohlen. Haselhuhn ist zuversichtlich, bald wieder die Miete zahlen zu können. Er weigert sich, bei den Vorbereitungen für eine Demonstration gegen Krieg und Umweltzerstörung teilzunehmen, die ich organisiere. Er bildet sich ein, als Philosoph einen ebenso entscheidenden Beitrag zur Verbesserung der Welt leisten zu können. Realitätsverlust?

7. März:

Mitten in der Nacht klopft Haselhuhn an meine Tür. Mit einer Tasse von Tantchens altem Tulsi-Tee in der Hand (er kann sich gerade weder Tee noch Kaffee leisten, deshalb trinkt er jetzt den Tee, der hier seit drei Jahren herumsteht, hält er einen Vortrag über den Fugu. Er klingt wie ein wandelnder Wikipedia-Eintrag.

Der Fugu ist ein giftiger Kugelfisch, der in Japan als Delikatesse betrachtet wird. Köch*innen brauchen eine mehrjährige Spezialausbildung um ihn zubereiten zu dürfen. Eine nachlässige Zubereitung führt nicht selten zu Todesopfern unter den Gourmets. In Deutschland ist dieses Fischgericht wohl illegal. Ich frage mich, ob diese Informationen etwas mit seinem neuen Nebenjob zu tun haben könnten.

Jedenfalls hoffe ich, dass er nicht nach Japan fliegen will, um ein Dinner für Spinner zu sich zu nehmen. Die armen Fugus wollen auch leben, außerdem ist das klimaschädlich, trägt sicherlich zur Ausrottung seltener Meerestiere bei und kann tödlich enden. Aber wer weiß ob es nicht irgendeine abgedrehte philosophische Theorie gibt, die das rechtfertigt. Die können doch mit ihren Argumenten alles so verdrehen wie es ihnen gerade passt.

Das Thema „Fugu" war dann erst mal beendet. Stattdessen fordert Haselhuhn mich zu einem Spaziergang auf. Ich bin eigentlich nur noch wach, weil ich eine Präsentation über die Veränderungen des Weltklimas vorbereite. Aber er überzeugt mich dann doch noch, im Dunkeln durch die Gegend zu tappen.

Er nutzt dann diese kleine Nachtwanderung, um mir einen Brief von Elenore auseinanderzusetzen, den er heute erhalten hat. Sie schrieb ihm, um ihm mitzuteilen, dass sie über die Semesterferien verreist sei, ihr Handy aber absichtlich nicht mitgenommen habe. Über ihren Aufenthaltsort hatte sie keinerlei Angaben gemacht, warnte ihn aber aufgrund eines Traumes vor Fischen (Piranhas) und Touristen (in dem Traum hatte er wohl einen Job als Fremdenführer). Das war so der wesentliche Inhalt.

Haselhuhn spekuliert jetzt, ob diese Warnung etwas zu bedeuten hat. Er überlegt nämlich, ob Elenore durch ihre Träume Zugriff auf andere mögliche Welten haben könnte, die in irgendeiner Weise Rückschlüsse auf Ereignisse in unserer Welt zulassen. So weit hat sie ihn schon gebracht. Persönlich haben sie sich aber wohl schon seit Anfang der Semesterferien nicht mehr gesehen.

Was allerdings auffällig ist: sein Gerede über den Fugu und dann diese Warnung vor Fischen ...

10. März:

Haselhuhn hat in den letzten Tagen tatsächlich gearbeitet. Heute hat er allerdings diese beiden Maler angeschleppt. Im Voraus hatte er mich um Geld angepumpt, um für sie Bier

16

zu kaufen. Es ist selten für einen Philosophiestudenten, aber Haselhuhn trinkt im Alltag so gut wie nie Alkohol. Und jetzt hat er ja nur noch den abgelaufenen Tulsi-Tee, was sogar seinen üblichen tageweisen Kaffee-Tee Wechsel verhindert.

Ich lieh ihm das Geld, weil ich seine Verlässlichkeit testen wollte. Die Maler waren noch jung, etwa in seinem Alter. Als ich in einer Lernpause aus dem Fenster schaute, sah ich wie Nikodemos mit ihnen auf der Gartenbank in der Sonne saß und sie das von mir finanzierte Dosenbier tranken. Das machte mich misstrauisch.

Wieso lud er Maler zu sich ein, nur um mit ihnen Bier zu trinken? Hatte er keine anderen Freunde? Warum besuchte er nicht einfach Sven und Kazuhiko? Die Maler waren übrigens mit dem Lieferwagen von ihrem Betrieb da, sie trugen auch ihre Arbeitskleidung. Im Haus meiner Tante musste jedoch nichts gestrichen werden und Haselhuhn war hier sowieso nur ein Untermieter, der darüber hinaus kein Geld gehabt hätte, um sie zu bezahlen.

Irgendwann kamen sie ins Haus und als sie auf der Treppe standen, hörte ich den Satz „Esat ist nicht nur Berufsmaler, er ist Künstler. Überlässt du ihm deine Wand, sagen wir dir, was wir über das Restaurant wissen." Dann folgte nur noch Gemurmel, das von einigen Schritten auf der Treppe begleitet wurde. Daraufhin betraten sie des Haselhuhns Dachkammer.

Sie wollten also doch die Wand streichen. Und das Haselhuhn musste ihnen irgendein schwachsinniges Angebot gemacht haben, um an irgendwelche Informationen zu kommen. Hielt er die Maler etwa für Zeugen? Sie liefen noch ein paarmal auf der Treppe hin und her und holten irgendwelche Sachen aus dem Transporter. Später sah ich, wie Haselhuhn und der eine Maler sich wieder in den Garten gesetzt hatten und sich unterhielten. Der andere war verschwunden, aber ich hörte Schritte im Dachgeschoss, also war er jetzt wohl in der Dachkammer beschäftigt. Ich war kurz davor, einzuschreiten. Erst konnte dieser Untermieter die Miete nicht zahlen und jetzt überließ er irgendwelchen Malern die Wand. Andererseits – das war nicht mein Problem. Also widmete ich mich wieder meinen Studien. Irgendwann kam Delphine vom Einkaufen zurück. Haselhuhn und der Maler aus dem Garten waren inzwischen wieder ins Haus zurückgekehrt.

Delphine begegnete Haselhuhn und seinen Malern im Wohnzimmer und verwickelte sie in ein Gespräch. Ich öffnete meine Zimmertür einen Spalt breit und bekam folgende Szene mit:

„Was machen denn die Maler hier? Wir haben renoviert, kurz bevor Sie hier eingezogen sind, Nikodemos", wurde das Haselhuhn gerade von meiner Tante befragt.

Seine Antwort war irgendein Gestammel, das sich so anhörte, wie: „Das sind Freunde von mir … wir kennen uns aus der Uni. Sie haben dort den Gang gestrichen, aber wir … zocken zusammen! Also, wir spielen Computerspiele, wissen Sie … das verbindet die unterschiedlichsten Menschen."

Delphine kicherte. „Computerspiele, sicher doch."

Ihre Stimmen und Schritte kamen näher, also schloss ich die Tür schnell wieder. Irgendwann hörte ich meine Tante enthusiastisch aufschreien: „Aber das ist ja ein Meisterwerk!" Später erfuhr ich, dass das sogenannte Meisterwerk ein überdimensionaler Sokrates im Bansky-Stil ist, der jetzt die Wand in Haselhuhns Zimmer ziert. Er selbst scheint weniger zufrieden mit Esats künstlerischem Schaffen zu sein, aber meine Tante war ganz entzückt. Auf ihre Bitte hin fertigte der Maler im Wohnzimmer noch ein Orakel-von-Delphi-Graffiti an.

Aber das ist wohl alles nur ein Vorwand gewesen, damit unser Detektiv die Maler nebenher bequem als Zeugen über die Vorkommnisse an seinem Arbeitsplatz befragen konnte. Das Restaurant heißt übrigens „Fugunt" = Fugu?!

15. März:

Unglaublich. Haselhuhn ist gestern Abend völlig durchgedreht. Ich ordnete gerade den Inhalt meines Kleiderschranks nach Farben, als er plötzlich ohne zu klopfen in mein Zimmer kam.

Ich machte ihn darauf aufmerksam. „Anklopfen kannst du nicht mehr? Das sollte nicht zur Gewohnheit werden!"

Er antwortete mit einem melodramatischen: „Ich werde nie mehr Gewohnheiten haben!"

Übertreibung war nichts Ungewöhnliches für ihn, also fragte ich nur gelangweilt: „Von welchem Philosophen hast du das nun wieder?"

Mit seinen nächsten Worten schockte er mich dann aber doch noch: „Luise, ich habe einen Fehler gemacht. Ich habe Fugu gegessen."

Ich ließ den einzuordnenden Pulli fallen und war mit einem Satz bei ihm an der Tür. „Was? Diesen giftigen Fisch? Was machst du denn für Sachen?", rief ich entsetzt. „Und wann hast du das gegessen?", wollte ich wissen, als er mich nur verwirrt ansah.

„Vor einer Stunde? Zwei?", er schien wirklich geistig neben sich zu stehen.

Also führte ich ihn die Treppe hinunter und verfrachtete ihn auf das Sofa im Wohnzimmer, bevor ich in Delphines Arbeitszimmer stürmte und ihr die Katastrophe hastig schilderte. Sie folgte mir umgehend zu unserem eingebildeten Vergifteten.

Wir fragten ihn, ob ihm schlecht sei. „Nein, ich bin nur vom Jammer des Daseins ergriffen. Egal, bald ist es vorbei", war seine klagende Antwort.

„Muss er ins Krankenhaus?", fragte ich Delphine. Doch davon wollte Haselhuhn nichts wissen. „Nein, die können nichts mehr für mich tun!", jaulte er. „Wenn die Köchin wusste, was sie tat, sterbe ich gar nicht. Und wenn nicht – dann ist eh alles zu spät!"

„Warum haben Sie das nur gegessen?", fragte meine Tante ratlos.

„Ein Detektiv darf bei der Suche nach der Wahrheit vor nichts zurückschrecken!", erklärte er und starrte mit aufgerissenen Augen an die Decke. „Aber ich darf nicht sterben, das ist viel zu früh … ich habe noch kein philosophisches System entworfen, ja noch nicht einmal ein echtes Werk verfasst. Womit habe ich in meiner müßigen Jugend nur die viele Zeit vertrödelt? Wie – wie viel Zeit habe ich noch? Einen Tag? Ich bleibe doch bei Bewusstsein, oder? Wie schnell kann man einen Essay verfassen, der die Welt verändert? Delphine, trauen Sie mir das zu? Der kürzeste und zugleich bedeutendste Essay der Philosophiegeschichte …

vielleicht eröffnet mir das Gift Sphären des Wissens, die uns sonst verborgen sind? Ich merke schon, wie sich mein Bewusstsein erweitert … schnell, schnell! Man bringe mir Stift und Papier, ich muss mein philosophisches Vermächtnis machen, bevor ich nicht mehr sprechen kann. Was gibt es für Möglichkeiten? Metaphysik? Oder sollte ich besser über das Wesen des Todes philosophieren? Moment – hat nicht Montaigne einen Essay über den Tod geschrieben? Den brauche ich als Quelle, sonst ist es nicht wissenschaftlich. Los, Luise! Hol Schreibzeug!"

Haselhuhn verfiel in dieser Situation noch auf allerhand andere absurde Ideen, auf die ich hier nicht näher eingehen werde. Natürlich machten wir uns Sorgen um ihn. Aber solange er noch so viel plapperte, konnte es ihm gar nicht so schlecht gehen.

Irgendwann meinte Delphine: „Hoffen wir, dass Sie es überstehen. Es wäre bitter, wenn Sie sterben, bevor sie Grundkenntnisse in Logik erworben und die Miete gezahlt haben. Außerdem – Sie sind ein überaus netter Mensch, es wäre wirklich traurig …"

Heute lebt Nikodemos Haselhuhn jedenfalls noch und ist bester Stimmung. Ich glaube, er ist außer Gefahr.

18. März

Es ist kein Wunder, dass Haselhuhn überlebt hat. Nach langem Zögern hat er mich endlich eingeweiht. Lustig, er hatte wirklich den Anspruch „ein echter Detektiv" zu sein. Ich meine, er ist einundzwanzig Jahre alt und dann solche Ideen!

Aber die Profs sind auch nicht besser. Erst dieser überge-schnappte Heidesand, der damit angefangen hat und dann bestärkt meine Tante ihn auch noch in dieser Idee. Die soll-ten lieber Mitglieder der Ethikkommission werden, dann hätten sie Arbeit! Aber so schrecken sie ja vor den größten Hirngespinsten nicht zurück. Es war zu drollig, wie er sich geziert hat, mir das mit der „Detektivausbildung" zu verra-ten. Delphine hat ernsthaft von ihm verlangt, dass er es ver-heimlicht. Das ist also das große Geheimnis zwischen mei-ner Tante und ihrem studentischen Untermieter. Der „streng geheime Fall" lief so ab:

Durch seinen Kumpel Kazuhiko, einen japanischen Gast-studenten, hatte Nikodemos Haselhuhn, der Meisterdetek-tiv, von dem Restaurant „Fugunt" erfahren. Es bietet japani-sche Spezialitäten an. Er übernahm da irgendeinen Job als Spülhilfe. Sein sechzehnjähriger Vorgänger, der in den Schulferien und an den Wochenenden manchmal dort arbei-tete, erzählte ihm eine haarsträubende Geschichte über die Köchin und den Beikoch.

Mineko Funamoto sei eine Sterneköchin aus Japan, die eine spezielle Ausbildung in der Zubereitung von Fugu habe. Ihr Kollege war dagegen bei der anspruchsvollen Zulassungs-prüfung in Tokio mehrmals durchgefallen. Der Küchenjun-ge war ein bisschen paranoid und setzte das Gerücht in die Welt, in diesem Restaurant werde inoffiziell Fugu für beson-dere Gäste zubereitet.

Haselhuhn freute sich natürlich über den „Fall" und wollte das überprüfen. Da in der Tat Mitglieder der High Society dort zu speisen pflegten, wirkte die Theorie plausibel genug, um ihr nachzugehen.

Weil Haselhuhn keine besseren Zeugen zur Hand hatte, befragte er die Maler, die gegenüber vom Restaurant eine Hauswand strichen. Sie erzählten ihm wirres Zeug, von verdächtigen Leuten, die verdächtige Autos fuhren und die sie schon außerhalb der Öffnungszeiten im Restaurant hatten ein- und ausgehen sehen. Nikodemos´ Interpretation endete damit, dass es sich um Mitglieder der japanischen Mafia Yakuza handeln musste.

Um sich Gewissheit zu verschaffen, ließ Haselhuhn heimlich ein Sashimi-Gericht mitgehen, von dem er glaubte, es handele sich um den berüchtigten Fugu. Todesmutig verspeiste er es und geriet anschließend in Panik. Das erklärt seinen Anfall vor einigen Tagen.

Wahrscheinlich eine Art Placebo-Effekt bei dem er sich die angeblichen Vergiftungserscheinungen einbildete, die Fugu auslösen kann.

Einen gewissen Effekt hat nämlich auch der korrekt zubereitete Fugu, ohne dass man deshalb gleich vergiftet ist. Aber bestimmt war es irgendein ganz gewöhnlicher Fisch und die Köchin und der Beikoch haben hier in Deutschland noch nie Fugu zubereitet.

24. März:

Eigentlich wollte der Meisterdetektiv Nikodemos Haselhuhn die Ermittlungen noch nicht kampflos aufgeben, aber ein neuer Fall hat seine Aufmerksamkeit davon abgelenkt.

Sein Kommilitone Sven war nämlich an der LSP-Klausur krank und rechnete schon mit dem Nachschreibe-Termin.

Doch in der Notenliste für den ersten Termin stand seine Matrikelnummer und die Note 1,0. Das löste für ihn ein moralisches Dilemma aus, in das er Haselhuhn einweihte.

Als er die Klausur einsehen konnte, bemerkte Sven, dass sie auch noch weitgehend in seiner Handschrift verfasst war. Haselhuhn empfahl ihm, dieses „Geschenk eines anonymen Gönners" auf jeden Fall anzunehmen und es nicht dem Fachbereich als Fehler zu melden. Er rechtfertigte es mit irgendeinem Absatz über zuerteilende Gerechtigkeit in der „Nikomachischen Ethik" von Aristoteles.

Sven hatte noch eine seltsame prädikatenlogische Randnotiz auf der Klausur entdeckt, die nichts mit den Aufgabestellungen zu tun hatte. Er schickte Haselhuhn ein Foto.

Weil der Detektiv die Logikvorlesung bei meiner Tante immer noch nicht besucht hat, fragte er mich um Rat. Delphine hatte mir nämlich bereits in meiner frühesten Jugend einen Crashkurs in Logik gegeben, weil sie das Erklären üben wollte. Nach einigem Grübeln kamen wir darauf, dass es eine formalisierte Botschaft an Haselhuhn war, die in Prosa wohl lautete:

Wenn Nikodemos und Gregor sich im R-Gebäude treffen, dann trinken Nikodemos und Gregor Kaffee und Nikodemos und Gregor philosophieren

Diese Notiz war mit Datum und Uhrzeit versehen, die natürlich nicht zur Formel gehörten.

Dieser Gregor war also wieder unter den Lebenden und hatte für Haselhuhns Kumpel ungefragt eine Klausur geschrieben, die er mit einer verschlüsselten Botschaft für unseren Detektiv versehen hatte. Diese Leute machen es Haselhuhn aber auch wirklich nicht leicht, zur Vernunft zu kommen!

2. April:

Haselhuhn war gestern Nacht in der Uni und hat sich da mit diesem Gregor getroffen. Der hat sich inzwischen wohl umbenannt und bezeichnet sich selbst als „Phantom der Uni". Mehr wollte Haselhuhn nicht erzählen, er wirkte ziemlich übermüdet.

29. Juli:

Elenore ist plötzlich hier aufgetaucht und hat eine Tasse Tee verlangt. Haselhuhn hat sie seit Februar nicht mehr gesehen (und sie bestimmt schrecklich vermisst). Er war völlig fassungslos über diesen Spontanbesuch. Doch sie hat fast nichts gesagt und ist ziemlich schnell wieder (durch das Wohnzimmerfenster im Erdgeschoss) abgehauen, als er gerade den Tee zubereitet hat. Vielleicht störte sie meine Anwesenheit. Jedenfalls hat sie ihm eine Tarotkarte dagelassen, auf der sie einen Termin für ein Treffen notiert hat.

31. Juli:

Meine Tante hat mich gefragt, wie ich Haselhuhns psychische Verfassung einschätze. Sie hat die Story über den vermeintlichen Fugu inzwischen auch erfahren. Außerdem hat er irgendeinen wichtigen Essay vergessen, weil er zu sehr mit anderen Angelegenheiten beschäftigt war. Ich habe ihr diese Aufzeichnungen vorgelegt. Nun hat sie den Entschluss gefasst, ihm sowie den beiden anderen Irren (der Schlafwandlerin mit den prophetischen Träumen und dem selbsternannten Phantom) eine philosophische Therapie zu verpassen. Ich weiß nicht, was verrückter ist. Ihre Idee oder ihre Versuchskaninchen. Und ich soll auch teilnehmen. So eine Frechheit! Was habe ich damit zu tun? Falls ich als gutes Vorbild dienen soll, kann ich gut und gerne auf diese fragwürdige Ehre verzichten!

2

Das Phantom in der Quarterlife-Crisis

Nachdem Luise nun endlich die Schilderung meiner ermittlungstechnischen Blamage beendet hat, wird es Zeit, meine Begegnung mit dem Phantom der Universität zu beschreiben. Ich hätte diese Stelle beinahe wieder aus dem Manuskript gestrichen, weil er sich so viel auf seine Nicht-Identität einbildet. Es ist kaum auszuhalten! Schon als ich ihm noch vor der Veröffentlichung unseres ersten Buches von den Plänen meines Biografen erzählt hatte, reagierte das Phantom nämlich unbeschreiblich herablassend.

„Wirst du es lesen?", hatte ich damals beiläufig gefragt.

„Bestimmt nicht", hatte das Phantom lässig entgegnet.
„Aber du kommst darin vor", war meine Erwiderung gewesen.

Was die dreiste Antwort zur Folge hatte: „Ja siehst du, da haben wir das Problem. Ohne das Phantom würde es die

Geschichte gar nicht geben. Dann wärest du nämlich nur ein ganz normaler, fauler Student. Langweilig. Aber durch die Geschichte, die du mir zu verdanken hast, wird deine Biografie erst lesenswert. Ich sollte Geld dafür verlangen! Aber weißt du, was das Problem ist? Das Niveau. Dein Biograf – ein Maler. Die Veröffentlichung – im Self-Publishing. Das wird ganz bestimmt sämtliche Literaturpreise abräumen. Wir sind noch zu jung für eine Biografie und ihr seid Amateure. Ich für meinen Teil bevorzuge eine professionelle Herangehensweise."

Leider würde ein Sinnzusammenhang fehlen, wenn ich ihn aus bloßem Groll wegließe. Dieses Kapitel beweist wenigstens, dass nicht ich der Verrückteste hier bin. Im Gegenteil, bei dem Fall mit dem Fugu gab es immerhin Indizien. Hätte ich den Job nicht gleich nach meiner Blamage mit dem falschen Fugu gekündigt, um stattdessen Delphines HiWi zu werden, dann hätte sich am Ende vielleicht doch noch herausgestellt, dass die dort echten Fugu zubereiten. Aber die Köchin war nett, also wollte ich es nicht darauf anlegen, die sogenannte „Wahrheit" ans Licht zu bringen. Was hätte ich getan, wenn es mir gelungen wäre? Wahrscheinlich wäre ich nur in ein moralisches Dilemma geraten.

Vielleicht sollte ich doch noch Determinist werden und behaupten, dass dieser Fall notwendigerweise ungelöst bleiben musste. Vor allem weil ich damit das Phantom ärgern könnte, der ist so ein Libertarier von der schlimmen Sorte. So einer, der den Sartre immer zu seinen Gunsten interpretiert. Also etwa die Prämisse von der radikalen Freiheit übernimmt und dann einfach die Sache mit der Verantwortung weglässt, nur um seine Existenz als Phantom zu rechtfertigen.

Na gut – ohne das Phantom wären meine Abenteuer wohl ein Quäntchen langweiliger. Und jeder Meisterdetektiv braucht einen Meisterschurken, oder? Es folgt jetzt doch die Erzählung, wie das Phantom mich in seine Nicht-Identität einweihte.

***

Der verschwundene Gregor wollte mich also im R-Gebäude der Uni treffen, um mit mir „Kaffee zu trinken" und „zu philosophieren". Ich hoffte, er würde endlich Klartext reden und mir erzählen, warum er damals der Komplize von Heidesand geworden war. Und wieso er Svens Klausur geschrieben hatte. Oder wer er überhaupt war, dass er sich „Phantom der Universität" nannte und solche Aktionen startete - anstatt zu studieren.

Ich kam mir selbst verdächtig vor, als ich wie ein Einbrecher über den nächtlichen Campus schlich. Ich war mit der Fähre nach Konstanz gefahren und mit dem Fahrrad zur Universität. Es war eine kühle und mondlose Nacht und die ganze Sache machte einen ziemlich bescheuerten Eindruck auf mich. Doch im Zweifelsfall siegt meine Neugier in solchen Angelegenheiten.

Als ich mein Fahrrad vor dem Gebäude abgestellt hatte und nervös auf und ab lief, öffnete sich plötzlich die Tür von innen. Ich atmete tief durch und ging dann langsam, aber entschlossen zum Eingang des R-Gebäudes. Kaum war ich eingetreten, wurde die unheimliche Stille von Gregor unterbrochen. Ich hätte ihn nicht wiedererkannt, wenn er mir irgendwo in der Stadt begegnet wäre. Er sah nun völlig anders aus als zuvor, auch wenn ich nicht genau beschreiben kann, inwiefern er sich verändert hatte. Lag es an der Frisur, den Klamotten? Hatte er früher einmal eine Brille getragen?

Gregor war so begeistert, mich wiederzusehen, dass mir angst und bange wurde. Er stürmte auf mich zu und umarmte mich rasch, wobei er mir kumpelhaft auf den Rücken klopfte und rief: „Nikodemos, alter Freund! Lange nicht gesehen. Freust du dich, dass ich noch lebe? Mensch, was wir schon alles erlebt haben …"

Ich blieb reserviert und meinte nur: „Jaa, du lebst noch …", wobei ich nicht erwähnen wollte, dass man das gleiche auch von mir hätte sagen können. Obwohl die „Lebensgefahr" in der ich geschwebt hatte, wohl auch nicht realer gewesen war, als seine Schauspieleinlage damals.

„Du bist sicher hier, um Erklärungen von mir zu erhalten", mutmaßte er, als wir uns an einen der Tische setzten, die hier im Gang standen und er den versprochenen Kaffee einschenkte, den er in einer Thermoskanne mitgebracht hatte. „Dass du mich gefunden hast, beweist doch, dass dir auch mein neuester Streich nicht entgangen ist! Wurde aber auch Zeit. Eigentlich wollte ich nach Salamanca in den Urlaub, aber ich musste ja warten, bis du endlich hinter die Sache kommst. Deshalb bin ich hier geblieben und habe mich in Meersburg als Fremdenführer betätigt. Warum hast du denn so lange gebraucht? So schwierig war das Rätsel nun auch wieder nicht!", redete er auf mich ein.

Ich nahm einen Schluck von dem Getränk, das er mir als Kaffee angekündigt hatte. Es war wohl eher Irish Coffee.

„Ich war beschäftigt", erwiderte ich kühl. Vom Fugu musste er bestimmt nichts wissen.

„In den Semesterferien?", rief er. „Mir war da immer schrecklich langweilig."

Es war seltsam, ihn so putzmunter quasseln zu hören. Ich hatte zwar längst herausgefunden, dass er nicht wirklich tot war, war aber bisher nicht dazu gekommen, mich mit eigenen Augen davon zu überzeugen. Bei unserer letzten Begegnung hatte er einen Anfall gehabt, nein, vorgetäuscht und dabei wirklich elend ausgesehen. Ich konnte mich lebhaft an dieses Ereignis erinnern, weil ich es damals nicht als Scherz eingestuft hatte und empfand es nun als höchst irritierend, ihn hier so fit und munter um Mitternacht in der Uni zu sehen. Ein guter Schauspieler war er, das musste man ihm lassen. Auch wenn ich skeptisch gegen ihn war, ich ließ mich von seiner Fröhlichkeit anstecken. Es war nämlich ein tolles Gefühl, nach all den Strapazen und Gefahren noch am Leben zu sein! Ob es ihm auch so ging? Er hatte zwar im Gegensatz zu mir nie wirklich um sein Leben gefürchtet, aber er hatte mir immerhin Vergiftungserscheinungen vorgegaukelt. Vielleicht hatte das einen ähnlichen Effekt, wie die Angst, an einer Fugu-Vergiftung zu sterben.

„Du hast den Fall gelöst?", fragte Gregor und prostete mir zu, bevor er einen großen Schluck von seinem Drink hinunterkippte.

„Du hast Svens Prüfung geschrieben. In seinem Namen", fasste ich das grandiose Ermittlungsergebnis zusammen.

Mein Gegenüber grinste und freute sich offenbar wie ein Kind an Weihnachten. „Ja ja ja!" , bestätigte er voller Überschwang.

„Er hatte eine Eins", bemerkte ich. „Kanntest du die Lösungen?"

Gregor verzog verächtlich das Gesicht. „Ja. Und zwar weil ich mit dem Thema ziemlich gut befasst bin! Es war kein Rätselraten, das kann ich dir sagen. Aber ich hatte nirgends ein Blatt mit den Musterlösungen, es war durchaus meine eigene Leistung."

„Du studierst auch Philo, oder?", hakte ich nach. Ich war mir nicht sicher, da er so gut darin war, aufzutauchen und zu verschwinden, wie es ihm beliebte. Er schien überhaupt keinen Stundenplan zu haben.

Sein Blick wurde finster und er schenkte sich bereits die zweite Portion von seinem Gebräu ein. „Aktuell nicht", gab er zu, nachdem er einen weiteren Schluck genommen hatte. „Lange Geschichte. Vielleicht erzähle ich sie dir später."

Wir schwiegen einen Moment, bis ich sagte: „Du hast dir seinen Studentenausweis geklaut, oder? In der Prüfung hast du doch bestimmt so getan, als seist du Sven ..."

Gregors Gesicht wurde wieder freundlicher. „Nein, das war einfacher. Ich habe mich in seinen Uni-Account gehackt und bin so an die Daten gekommen. Der Studentenausweis war gefälscht. Die Kunst der Verwandlung beherrsche ich, ein paar Maskenbildner-Tricks haben ausgereicht, damit den Tutoren nichts aufgefallen ist. Deshalb habe ich mich auch Gregor genannt. Wie Gregor Samsa in ´Die Verwandlung´. Kennst du Kafka? Ich sollte mal wieder den Namen wechseln, findest du nicht? Auf Sven wurde ich aufmerksam, weil ich dich beobachtet habe, damals, wegen der Sache mit dem sogenannten Schierlingsbecher. Er war einer der wenigen Kommilitonen, mit denen du manchmal in der Mensa warst. Sonst kam niemand in Frage, also fiel meine Wahl auf ihn. Zufällig hörte ich ein Gespräch zwischen dir und Elenore in der Prüfungsphase. Es ging darum, dass dieser Sven krank ist und die LSP-Prüfung nicht mitschreiben kann ... und das obwohl euch der Gute ja noch so viele Aufschriebe für Kernkurs Eins gegeben hatte. Da hatte ich ausnahmsweise Mitleid und wollte helfen." Er leerte den zweiten Becher und schenkte sich den dritten ein.

„Helfen?", echote ich und nahm einen kleinen Schluck aus meiner Tasse. Das war nicht Kaffee mit Whiskey – sondern Whiskey mit Kaffee.

„Ja, klar! Ich wollte ihm eine gute Note verschaffen. Deine Freunde sind auch meine Freunde, Nikodemos!"

„Hm. Okay ..."

„Ja, glaubst du denn, ich bin zu nichts nütze, als andere glauben zu lassen, sie hätten mich umgebracht? Ich wollte auch einmal eine gute Tat vollbringen. Zum Ausgleich sozusagen. Das ist nämlich sonst nicht meine Art."

„Und Heidesand wusste nichts davon?"

„Wieso sollte er? Bloß weil er ein Prof ist, ist er noch lange nicht allwissend. Außerdem siehst du ja, wie schnell er sich verzogen hat. Ursprünglich hätte ich sein Detektivschüler werden sollen. Er meinte, ich hätte ihn dazu inspiriert. Er war mein größter Fan. Ich konnte ihn gerade noch davon abhalten, mich als `seinen lieben Alkibiades´ zu bezeichnen und Platons Gastmahl nachzustellen. Das hat ihn offensichtlich etwas verärgert und ich war dann erst mal abgeschrieben. Zum Glück. Sein Plan mit den Philosophiedetektiven war damals sowieso noch nicht besonders ausgereift. Nun … dann haben sich einige Dinge ereignet und ich wurde gewissermaßen sein Komplize. Nur hat er sich ja leider von Professor Doktor Manet vertreiben lassen. Ins Ausland ist er gegangen. Tzz. Und du wolltest wirklich nicht Detektiv werden? Nein? Ist ja auch nicht jeder dafür geschaffen …", sinnierte er und ich ließ ihn in dem Glauben, dass mit der Abreise des exzentrischen Professors auch meine Chance auf das Ermittlerdasein abgereist war.

Wenn er von meiner Vereinbarung mit Delphine nichts wusste, würde ich daran besser nichts ändern. Und wenn er sowieso informiert war, dann war es nicht der Wiederholung wert.

„Die Prüfung?", erinnerte ich ihn.

„Richtig. Da waren wir. Ich habe also seine Prüfung geschrieben, in seiner Handschrift versteht sich. Er hat mal seinen Rucksack unbeobachtet auf dem Gang stehen lassen und da habe ich einen Aufschrieb aus seinem Block mitgehen lassen. Dann musste ich ewig warten, bis endlich die Ergebnisse kamen. Manet und ihre Tutoren brauchen ja ziemlich lange zum Korrigieren … und ich hatte schon Angst, dass Sven dir gar nichts erzählt und ich … na ja … eine gute Tat vollbracht habe, die von niemandem bemerkt wird. Wie man sieht, war die Sorge unbegründet. Wann hat er es dir denn erzählt?" „Zweite Hälfte der Semesterferien …",„Ja, aber warum hast du denn so lange getrödelt? Du musst ja schwer beschäftigt gewesen sein ..."

„Manche Leute müssen für ihr Geld arbeiten! Was machst du denn den ganzen Tag, außer Leute zu beschatten und geheime Pläne aushecken? Der Job als Fremdenführer wird wohl kaum auslastend sein ..."

„Ich bin Schauspieler. Leider kein sehr bekannter. Werbespots, Touristen herumführen, Impro-Theater ... solche Sachen. Früher war ich jemand anderes."

„Ein Philosophiestudent?"

„Ja, aber das studiert niemand zu Ende."

„Doch. Professoren, Dozenten ..."

„Mach es mir nicht schwerer als es ist! Mein Leben ist gescheitert! Ich bin gescheitert!", unterbrach er mich heftig und hätte beinahe den Tisch umgeworfen.

Ich konnte mit knapper Not mein Getränk retten. „Und deshalb hast du Professor Heidesand geholfen? Weil du eine gescheiterte Existenz bist?"

Wir kamen der Wahrheit schrittweise näher. „Wenn du es unbedingt wissen willst ... jedenfalls heiße ich nicht Gregor, aber das weißt du schon. Nenn mich Arthur, das war Schopenhauers Vorname. So heiße ich zwar auch nicht, aber darauf kommt es nicht an. Ich werde mir immer neue Identitäten zulegen, ich will nicht, dass du mich googelst oder so. Ursprünglich, das heißt, nach dem Abi, wollte ich Schauspieler werden. Mit den Schauspielschulen hat es nicht geklappt, die haben sich nicht gerade um mein Talent gerissen. Also Philo. Da hatte ich den Bogen raus. Nur Bestnoten. Alle hatten Angst vor Diskussionen mit mir. Deshalb erregte ich viel Aufsehen und wurde früh Tutor. Alles klappte wie am Schnürchen. Zu gut für meinen Geschmack. Es langweilte mich. Ich brauchte einen neuen Kick, eine Herausforderung. Irgendwann stand die Bachelor-Prüfung vor der Tür. Auch wenn es weder ethisch noch vernünftig war und ich es eigentlich nicht wollen wollte, konnte ich der Versuchung nicht widerstehen. Das ganze Studium hindurch hatten sie uns vor Plagiaten gewarnt, ich hatte immer brav alle Quellen fein säuberlich angegeben. Und nun wollte ich nur noch eines: ein bitterböses Plagiat verüben. Ich hätte nie damit gerechnet, dass es auffällt. Aber es war ziemlich offensichtlich. Eine halbe Seite, keine Quellenangabe, in großen Teilen einfach abgeschrieben. Wirklich dreist von mir. Was soll ich sagen? Es fiel auf. Ich wurde exmatrikuliert. Kannst du dir das vorstellen? Wegen der Bachelorarbeit?! Ohne Doktortitel, den man mir aberkennen könnte! Ich habe keinen Bachelor, keinen Master, gar nichts! Trotzdem war ich ja bekanntlich nicht auf den Kopf gefallen und Heidesand wusste das … welche Aufgabe er mir zugeteilt hat, hast du ja mitbekommen."

„Wieso hast du ihm geholfen?"

„Um mich am Unibetrieb zu rächen. Ja, ich weiß, *mea culpa* und so weiter, niemand hat mich zu einem Plagiat gezwungen, ich trage die volle Verantwortung und blablabla. Aber ich habe einfach das Gefühl, mit dem Studium hier noch nicht fertig zu sein. Ich suche den Fachbereich heim. Als Phantom der Universität!"

Ich starrte ihn mit unverhohlener Verblüffung an. Was für kuriose Leute es hier gab …

„Weißt du, Nikodemos, es ist komisch mit dir. Ich gebe mir wirklich sehr große Mühe, dich zu mögen. Prinzipiell sollten wir gute Freunde werden können. Tugendfreunde wie von Aristoteles beschrieben. Leider gelingt mir das nicht. Abgesehen davon, dass ich kein tugendhafter Mensch bin, hasse ich dich nämlich. Du bist noch so jung, ich werde bald Siebenundzwanzig, du hast dein Leben noch vor dir. So viele Chancen, die dir offenstehen und sich mir bereits verschlossen haben. Die Leute dürfen wissen, dass du da bist, du bist ein normaler Teil der Universität. Ein Student. Ein junger, dummer Student. Du liest so dies und das und jenes, bist so semi-interessiert bei der Sache und sagst hin und wieder mal was Harmloses in deinen Seminaren – aber ein richtiger Philosoph wirst du nie! Hast du bereits in der Grundschule philosophische Werke gelesen?"

„Ähh … nein …"

„Siehst du, dein erster Fehler. Hast du ein eigenes philosophisches Problem entdeckt und Abhandlungen darüber geschrieben?"

„Bisher noch nicht …"

„Da haben wir es. Ich habe all das getan und werde dennoch immer der mit dem Plagiat bleiben. Dem Plagiat in der Bachelor-Arbeit. Und du bist kein Philosoph, du bist ein Witz. Du hast alles, was ich verloren habe und weißt nichts damit anzufangen. Ich würde dir ja anbieten, mein Erzfeind zu werden, aber dafür bist du viel zu nutzlos. Dazu müsstest du mir ja ebenbürtig sein, sonst macht es keinen Spaß, dich herauszufordern. Also, lass´ uns Freunde sein, Nikodemos, gute Freunde, du kannst so viel von mir lernen ...", er brach plötzlich ab und sah mich zerstreut und ärgerlich an, so als ob er sich selbst über seinen Ausbruch wunderte, in dem er mich als unwürdigen Dummkopf beschimpft und im gleichen Moment um meine Freundschaft gebeten hatte.

Die vierte Tasse seines Irish Coffee war ihm wohl zu Kopf gestiegen. Er war in der Quarterlife-Crisis. Eindeutig.

„Vergiss´ es, ich rede Blödsinn", bekannte er dann. Das war das Weiseste, was er in diesem Gespräch bisher von sich gegeben hatte. „Ich habe ja schon seit einem Jahr mit niemandem mehr geredet und dann kommt so etwas dabei heraus. Dir würde es an meiner Stelle nicht anders gehen."

Ich wusste nicht, was ich von ihm halten sollte oder wie ich die Situation beurteilen sollte.

„Du hast seit einem Jahr mit niemandem geredet?"

„Nicht richtig geredet, nicht als ich, sondern immer in einer Rolle, in irgendeiner Mission. Nur mit Professor Heidesand habe ich reden können und der war mein Auftraggeber in der Sache mit dem Schierlingsbecher. Wirklich reden konnte ich mit ihm nie, ich habe ihm immer misstraut ..."

„Äußerst weise. Hat er dir Geld gegeben?"

„Wieso hätte ich es denn sonst tun sollen?"

„Du hast gesagt, um dich am Unibetrieb zu rächen."

„Ach ja, das auch. Aber das bringt ja nichts. Meine Miete muss ich auch noch bezahlen. Vielleicht denkst du, ich bin völlig einsam. Meine Familie und ein paar alte Freunde habe ich in der Zeit schon gesehen, aber ich konnte mit ihnen natürlich auch nicht reden, nicht darüber. Also spielte ich auch vor ihnen eine Rolle: mein altes Ich. Das hatte aber schon nichts mehr mit mir zu tun. Sie wussten nichts von meiner Identität als Gregor. Ich war ein anderer geworden und niemand konnte das verstehen."

„Kommt mir bekannt vor."

„Siehst du, wir sollten Freunde werden. Ich will es zwar noch nicht, aber ich will es wollen. Ist das ein Anfang?"

„Geht mir genauso", antwortete ich seltsamerweise.

„Wir sind uns sehr ähnlich, findest du nicht? Relativ ähnlich zumindest. Ich bin ein Genie, du nicht. Ich bin ein tragischer Held – oder ein Bösewicht? Du dagegen bist der sympathische Tollpatsch. Aber ansonsten könnten wir Zwillingsbrüder sein."

Arthur, wie er nun genannt werden wollte, hatte die seltene Eigenschaft, einen fortwährend zu beleidigen, ohne dass man ihn dabei hätte wirklich ernst nehmen können.

„Tollpatsch? Wie kommst du darauf?", fragte ich, da ich das trotz allem nicht auf mir sitzen lassen konnte.

Er warf mir einen abschätzigen Blick zu. „In einer Fernsehserie würde man dich so besetzen. Du siehst aus wie ein

Tollpatsch, ein lustiger Chaot. Ich dagegen wäre eher das verrückte Genie."

„Und wenn ich den Fernseher einschalte, auf welchem Sender kann ich mich von deinem Talent überzeugen?", fragte ich lauernd. Er winkte lässig ab. „Fernsehen? Wir leben im Internetzeitalter."

„Netflix also? YouTube?", wollte ich wissen.

„Bisher nirgends", gestand er. „Aber ich kenne die Branche."

Merkwürdigere Gespräche hatte ich nur mit Elenore. Wie als hätte er meine Gedanken erraten, fragte er unvermittelt:

„Was macht eigentlich Elenore?"

Ich sah überrascht auf. „Elenore? Weiß ich nicht." Es wunderte mich einen Moment, dass er wusste, wer sie war. Bis ich mich erinnerte, dass sie damals ebenfalls am Philosophy Slam teilgenommen hatte.

Er sprang entrüstet auf. „Du weißt es nicht? Was soll das heißen? Dann würde ich mich aber schleunigst darüber informieren! Oder bist du zu beschäftigt?", ermahnte mich der schräge Vogel in einem strengen Ton.

„*Alles Unheil des Menschen entstammt seiner Unkenntnis des Stillsitzens*", zitierte ich gelassen Blaise Pascal und trank einen Schluck von dem Whiskey-Kaffee.

„Na dann", meinte Arthur mit einem bösen Lächeln und schickte sich an, fort zu gehen. Er murmelte: „*Die Ruhe tötet; nur wer handelt, lebt*".

Ich wusste nicht, wen er da zitierte und der Plagiator gab natürlich auch seine Quelle nicht an. Ich schnappte die Tassen und die Thermoskanne und beeilte mich, ihm zu folgen. Er fing an zu lachen.

„Es scheint ja geradezu so, als wäre ich besser über sie informiert, als du. Das Mädchen ist nicht so harmlos wie du denkst. Du weißt also noch nicht, dass sie der Schlüssel zu einer erkenntnistheoretischen Verschwörungstheorie ist?"

Was redete er da? „Bitte was?", fragte ich, als ich ihm über den dunklen Campus folgte.

„Das verstehst du nur, wenn du dich mit den Philosophen vom Bodensee auskennst", behauptete der Plagiator noch immer lachend.

Eigentlich hätte mich das misstrauisch machen müssen. Ich hätte mich fragen müssen, woher er das wusste und den Wahrheitsgehalt seiner Aussage prüfen.

Aber sein Lachen wirkte ansteckend. In diesem Moment fand ich alles vollkommen lächerlich. Ihn, mich, die Philosophie, die geheimnisvolle Elenore, das Studium, den Fugu, die Menschheit ... mir kam alles vor wie ein gigantischer Witz. Bald würde ich schon nicht mehr darüber lachen können. Aber an diesem Abend erschien mir die Theorie, dass es Götter gibt und sie uns Menschen nur zu ihrer Erheiterung erschaffen haben, gar nicht mehr so abwegig.

Arthur oder Gregor (oder wer er war) und ich sahen uns an und mussten noch mehr lachen.

Tugendfreunde waren wir trotzdem noch keine. Er war wohl eher mein Feind. Ein großer Actionheld konnte ich dann wohl nicht sein, denn sonst wäre mein Erzfeind bestimmt ein furchteinflößender Gladiator. Kein Plagiator! Aber so ein Plagiator war wohl der würdigste Gegner, den man gemeinhin zwischen Hörsaal und Unibibliothek auftreiben konnte, also wollte ich mich nicht beschweren.

3
Die möglichen Welten der Elenore Rosemary

Bei einer Preisverleihung für die verrückteste Person der Uni könnte nur Elenore dem Phantom und mir Konkurrenz machen. Ihre Rückkehr nach einem Semester Abwesenheit war ein legendärer Auftritt. Ja, ich gebe es zu. Delphine Manet hat nicht unrecht, wenn sie denkt, dass wir inzwischen reif für eine philosophische Therapie sind.

Es war ein regnerischer Nachmittag gewesen, an dem ich gerade wieder einmal eine Auseinandersetzung mit Luise über meine „aussichtslose Zukunft" hatte. Sie erzählte mir gerade davon, wie ihre Tante das politische Engagement zugunsten der Philosophie aufgegeben hatte. Für Luise bedeutete dies das schlimmste Sakrileg, das man gegen den gesellschaftlich relevanten Aktivismus begehen konnte.

Ihre Mahnpredigt fing damit an, dass sie sich wieder einmal über ihren klimaethischen Friedensaktivismus ausließ:

„Wir demonstrieren hauptsächlich gegen den Krieg. Genauer gesagt gegen die durch Kriege hervorgerufene Umweltzerstörung, deshalb protestieren wir auch gegen Waffenexporte. Über den Zusammenhang von Krieg und Klimakrise schreibe ich übrigens gerade eine Hausarbeit. Es ist bekannt, dass Naturkatastrophen eine Ursache für Kriege sind – aber es darf nicht vergessen werden, dass auch die durch Krieg verursachte Zerstörung von Ressourcen Naturkatastrophen hervorruft. Zum Beispiel Dürren, die zu Hungersnöten führen. Ein Teufelskreis! Aber nicht nur der Krieg selbst ist ein Problem, sondern auch der Energieverbrauch durch die Rüstungsindustrie. Stell dir mal vor, wie viel Energie das verbraucht, wenn Waffen und Ausrüstung für die moderne Kriegsführung produziert werden. Militärroboter, Panzer, Drohnen: wessen Leben machen sie besser? Einmal ganz abgesehen davon, dass sie Menschen töten, verbrauchen sie jede Menge Energie. Wusstest du, dass das US-Militär mehr CO_2-Ausstoß hat, als manch ein Staat in Europa? Und vergessen wir nicht die verdammten Atomwaffen, mit denen diese unzurechnungsfähigen Diktatoren immer drohen! Die Klimakrise wäre schon eine ausreichende Bedrohung für Mensch, Tier und Natur, aber Klimakrise plus Krieg ergibt ... egal, ich gebe die Hoffnung nicht auf. Doch Hoffnung allein nützt nichts. Es sind die Handlungen, die zählen!"

Luise hatte sich in Rage geredet und ich sah großzügig davon ab, sie jetzt mit anthropologischen Zitaten von Hobbes zu belästigen. Ihre Ansprache erinnerte mich entfernt an den Song „Eve Of Destruction" von Barry McGuire ... *But you tell me over and over again my friend you don´t believe we´re on the eve of destruction* ... solche Lieder hatten wohl noch Delphines Jugendzeit geprägt und waren heute zu Luises neuem Motto geworden.

„Gute Sache, für die du dich einsetzt. Aber ich denke, ich werde meinen Beitrag zu einer besseren Welt auf anderem Wege leisten", erklärte ich ihr.

Doch Luise war noch nicht fertig. „Als Philosoph? Da ist die Welt untergegangen, bevor du sie verstanden hast, Freundchen! Sieh dir meine Tante an. In unserem Alter war sie in der Pariser Studentenrevolte der 68er-Generation aktiv. Sie hat sich sogar mal mit Sartre und De Beauvoir auf einen Kaffee getroffen, um mit ihnen zu diskutieren. Eher über Politik als über Philosophie. Es war eine vielversprechende Ausgangssituation, aber in den folgenden Jahren hat sie ja darauf bestanden, Bücher über Themen zu schreiben, die keiner versteht, anstatt sich weiter der politischen Philosophie zu widmen. Den Aktionismus hat sie ganz aufgegeben. So ist ihr Beitrag zum Weltgeschehen lediglich der, dass sie in akademischen Kreisen sehr bekannt ist. Und nun? Wem hilft das? Und du, Haselhuhn, bist momentan nichts weiter als ein nutzloser Student ohne Netzwerk. Und zwar in einer Kleinstadt. Ohne Plan und ohne Geld. Wenn Delphine also die Welt noch nicht retten konnte, weil die Philosophie sie von der praktischen Tätigkeit abhält, wie willst du das dann schaffen? Ich gehe jetzt los. Wenn du dich doch mal engagieren willst, kannst du es mir gerne mitteilen …"

„He, du darfst mich nicht beleidigen, ich bin Wissenschaftler! Die EU hat neulich in einer Erklärung zum Schutz der Forschungsfreiheit festgelegt, dass man uns jetzt nicht mehr anfeinden darf!"

„Da sollten wir erst einmal klären, ob die Philosophie überhaupt eine Wissenschaft ist ... und selbst wenn, seit wann bist du denn ein Wissenschaftler, du elender Schwätzer?!",
spottete Luise.

Verstimmt warf ich ihr einen langen Blick zu und schwieg. Sie hielt mich jetzt bestimmt für so einen Thales, der sich vor lauter theoretischen Gedanken über das Universum kaum retten kann, in den unendlichen Sternenhimmel starrt und deshalb in einen Brunnen fällt. Und dafür von einer Magd ausgelacht wird. Thales-guck-in-die-Luft sozusagen. So konnte es nicht weitergehen, ich musste an meinem Image arbeiten. Leider hatte mein Ruf als abgebrühter Detektiv sehr unter Heidesands List und dem imaginären Fugu gelitten. Es würde nicht einfach werden, einen für Luise erkennbaren Beitrag zum Wohl der Menschheit zu machen.

Klar, sie war eine überdrehte Utopistin und die Erfolge ihres politischen Aktivismus schienen sich wohl auch eher in ihrer Vorstellung abzuspielen. Aber es gab Handlungen, auf die sie sich berufen konnte. Ihr Engagement eskalierte nicht in solchen peinlichen Aktionen wie es bei mir der Fall war. Und das war der einzige Grund, warum ich es duldete, dass sie mir solche Dinge ins Gesicht sagte. Sie durfte das. Ich war zwar stets beleidigt, aber sie hatte wohl leider das Recht mich zu beleidigen. Außerdem war ich es nicht gewöhnt, dass Mädchen mir kontinuierlich widersprachen, ihre provokante Art hatte also auch einen gewissen Reiz. Nämlich den, dass sie noch Hoffnungen auf meine Bekehrung zu einem Weltretter zu hegen schien. Wäre ich ihr gleichgültig gewesen, hätte sie nicht so ausführlich mit mir diskutiert. Vielleicht war es ihr selbst nicht bewusst, aber sie war fähig, alles stehen und liegen zu lassen, nur um mir bei irgendeiner Aktion zu helfen, die mein Detektivwahn hervorgerufen hatte. Und ihren Blick, als sie dachte, ich wäre wirklich von einer akuten Fugu-Vergiftung betroffen … diesen Blick werde ich nie vergessen.

Dennoch konnte der Kommentar über den „elenden Schwätzer" nicht so einfach durch den Sympathie-Bonus ausgeglichen werden und es kam mir sehr gelegen, als es plötzlich an der Tür klingelte. Ich sprang auf, funkelte Luise noch eine Sekunde böse an und eilte dann zur Tür.

Es war nicht der Paketbote, der ständig mit Delphines wissenschaftlichen Buchbestellungen aufwartete. Elenore stand vor der Tür.

Ich konnte es für einen Moment nicht glauben. Sie war einige Monate einfach verschwunden und hatte so gut wie nichts von sich hören lassen. Und tauchte jetzt einfach aus heiterem Himmel wieder auf. Nun ja, der Himmel war draußen nicht ganz so heiter, denn er bestand aus grimmigen dunkelgrauen Regenwolken. Ich starrte sie vor lauter Überraschung einen Moment lang nur an. Es lohnte sich zwar, da sie interessant gekleidet war, aber ich hätte sie dennoch gern etwas souveräner begrüßt.

Sie sah aus, als hätte sie sich der Gothic-Szene angeschlossen. Unter ihrem langen, durchsichtigen Regenmantel blitzte ein schwarzes Spitzenkleid hervor, zu dem sie wirklich und wahrhaftig weiße Kniestrümpfe mit schwarzen Schleifchen und zierliche schwarze Schnürschuhe trug. Ihr langes welliges Haar, das inzwischen in einem hellen Pastellblau erstrahlte, hatte sie zu einem Pferdeschwanz gebunden und an ihrem Handgelenk baumelte ein schwarzer Rüschenregenschirm. Sie lächelte hinreißend unsicher und sagte mit ihrer unverkennbaren, etwas krächzenden Stimme:

„Kannst du dir vorstellen, dass man mir gerade eine Tasse Tee verweigert hat?"

Das Eis war gebrochen. Ich grinste sie an und bat sie herein.

„Das wird dir hier nicht passieren, Delphine hat hier allerlei Teesorten über die ich zwar zurzeit nicht frei verfügen darf, aber für dich werde ich vor einem kleinen Teediebstahl natürlich nicht zurückschrecken … es sei denn, du willst mich vor solch riskanten Handlungen schützen und freiwillig einen drei Jahre alten Tulsi-Tee probieren …", plauderte ich drauflos, als wir im Flur standen und ich ihr den durchnässten Regenmantel abnahm, was eine günstige Gelegenheit war, um ihr Spitzenkleid aus der Nähe zu begutachten.

Sie stellte den Schirm in irgendeine Ecke des Flurs und blickte dann lächelnd zu mir auf. Ihre grünblauen Augen leuchteten, auch wenn sie wie immer etwas blass und müde aussah. „Weißt du, das mit dem Tee war ein soziologisches Experiment. Qualitative Methoden und so. Ich habe neulich das Buch ´Nur eine Tasse Tee´ gelesen, das spielt im London der Siebziger Jahre während einem Stromausfall. Und da bitten Leute aus ganz verschiedenen Schichten bei fremden Leuten um eine Tasse Tee, weil sie in der Dunkelheit den Weg nach Hause nicht mehr finden … ein ziemlich soziologischer Roman ist das. Und da wollte ich wissen, ob das hier auch funktioniert. Also ohne Stromausfall und so weiter … ich klingelte irgendwo, eine Frau mittleren Alters öffnete und erkundigte sich misstrauisch nach meinem Anliegen. Ich antwortete dann ´Nur eine Tasse Tee´ - und diese unverschämte Person schlägt kommentarlos die Tür zu! Da hatte ich genug von Soziologie und kam zu dir, um mich darüber zu beschweren", erklärte sie mir in einem treuherzigen Tonfall.

Ich hatte keine Ahnung, ob sie sich das gerade alles ausgedacht hatte oder ob sie wirklich solche Aktionen durchführte. Wir gingen ins Wohnzimmer, wo Luise noch immer nicht ihren Posten geräumt hatte. Elenore redete nicht weiter als sie Luise sah und meine Mitbewohnerin rief nur mit überzogener Überraschung:

„Na so was, ich kann es kaum glauben! Gibt´s dich also auch noch!" Elenore lächelte nervös. „Hi", entgegnete sie rasch.

„Luise, wolltest du nicht gerade noch die Welt retten?", versuchte ich, sie zu verscheuchen. Wenn sie sich über mich lustig machte, ertrug ich das gar nicht ungern. Aber über Elenore durfte sie nicht spotten, das ging zu weit.

Luise, die sich im Lieblingssessel ihrer Tante niedergelassen hatte, lehnte zurück und gähnte theatralisch. „Doch nicht jetzt. Regelmäßige Pausen verbessern die Leistung um ein Vielfaches …"

Ich bedeutete Elenore, auf dem Sofa Platz zu nehmen.

„Tja dann … werde ich jetzt wohl Tee machen", versetzte ich reichlich unkreativ und nutzte die Gelegenheit, um in der Küche unterzutauchen, um diese unerwartete Situation zu verkraften. Ich setzte eine Kanne Jasmin-Tee auf und hoffte währenddessen inständig, Luise möge Elenore nicht necken.

Als ich mit dem Tee ins Wohnzimmer zurückkehrte, stand das Fenster offen und Luise thronte wie eine despotische Königin in Delphines Sessel. Von Elenore keine Spur.

„Ja, sie ist wirklich schon wieder weg", erläuterte Luise ungefragt. „Sie fand es wohl praktisch, dass es ein Fenster gibt und dieser Raum im Erdgeschoss liegt. Sonst wäre es mit ihrer aufregenden Flucht wohl schwieriger geworden."

Ich starrte sie ungläubig an.

„Haselhuhn, wie finster du schon wieder aussiehst!", spottete Luise. „Also eins muss man deiner Elenore schon lassen, sie weiß, wie sie dich verwirren kann. Das ist vielleicht moralisch fragwürdig, wie ihr Philosophen sagen würdet, aber es öffnet dir bestimmt neue Horizonte höheren Wissens …"

„Sie ist nicht meine … hat sie noch was gesagt?", erwiderte ich zerstreut. „Nein, aber sie hat dir eine Botschaft hinterlassen", meinte Luise, die sich an meinem Erstaunen regelrecht zu ergötzen schien. Sie reichte mir eine Spielkarte, auf der mit Kugelschreiber flüchtig eine Nachricht notiert war:

7.08. / 16 Uhr / Herosé./Wäre nett, wenn du mir die Regenjacke bringst – die ist noch im Flur (zum Glück hat der Regen aufgehört). Dann erkläre ich dir alles …

Ich starrte von der Spielkarte zu Luise und von Luise zum offenen Fenster. War das gerade wirklich geschehen? Bei näherem Hinsehen entpuppte sich die Karte als eine Tarotkarte. Der Narr, Karte Nummer Null. Wollte mir Elenore damit irgendetwas sagen?

***

Irgendwann war es dann so weit. Ich musste entscheiden, ob ich mich mit ihr treffen würde. Hätte man mich einen Monat zuvor gefragt, ob ich sie wiedersehen wollte – ich hätte jede Gelegenheit dazu unverzüglich genutzt. Doch nun war sie wirklich wieder da und ich zögerte. Dabei hatte ich viel zu oft lächerliche Selbstgespräche geführt, deren Adressatin sie war. Solche Gedanken waren durch meinen Geist gewandert:

Elenore! Wo bist du hin? Ach, was frage ich eigentlich, wenn ich danach frage? An welchem Ort du bist? Oder sollte die Frage viel eher heißen „Elenore – wer bist du?"

Wenn ich dich nun also frage, wohin du verschwunden bist, will ich nicht viel eher wissen, ob es dich überhaupt je gab? Du bist wie eine Halluzination aus dem Nichts in meinem Leben aufgetaucht, hattest deinen Auftritt und bist plötzlich von der Bühne verschwunden – doch wohin? Du hast mich in dieser Verwirrung zurückgelassen, mit meinen widersprüchlichen Erinnerungen an dich, so nebulös und schillernd, dass du mir auf einmal wie eine reine Fantasievorstellung erscheinst.

Erinnerung, Vorstellung – um welches Phänomen der Philosophie des Geistes handelt es sich denn nun?! Was uns verbindet? Erlebnisse, die von einem verrückten Professor und einem Phantom inszeniert wurden. Dieses Trugbild, das uns wie ein Verbrechen schien, das ganze erste Semester, das mir jetzt schon wie ein Traum vorkommt, ist das meine Grundlage, auf die sich die Behauptung gründet „Ich kenne Elenore Rosemary"?

Und je länger du fehlst, merke ich: Du bist ein Rätsel.

Und das führt mich zu folgender Überzeugung: Ich vermisse dich nicht. Sondern eine Idee.

Ist das weniger schlimm? Nein, schlimmer.

Denn ich weiß nicht, ob ich froh wäre über deine Rückkehr. Was, wenn ich feststellen müsste, dass es dich gar nicht gibt – weil du nicht du bist? Dann gibt es dieses „du" gar nicht, das ich hier gerade in Gedanken anspreche. Meiner Idee von dir würde keine reale Person entsprechen und letztendlich weiß ich gar nichts über die echte Elenore Rosemary.

Weißt du was? Du bist selbst Schuld, dass du mir zur Idee geworden bist, du hast es darauf angelegt.

Ja, Elenore, so ist es! Du hast die Idee provoziert. Musstet du dir die Haare blau färben, musstest du bei unserer ersten Begegnung andeuten, du könntest schizophren werden, musstest du schlafwandeln und mir von prophetischen Träumen erzählen, musstest du mir einen Mord verzeihen wollen, den es niemals gab, musstest du mir diesen kryptischen Brief über deinen Traum schreiben? Hättest du all das nicht getan, währst du einfach eine nette und normale Kommilitonin gewesen, ich hätte dich akzeptiert wie du bist und du wärst mir niemals zur Idee geworden! Aber so! Ich muss ja an deiner Existenz zweifeln, wenn du dich so aufführst.

Werde ich jetzt paranoid? Bin ich wirklich nur noch von Illusionisten umzingelt? Bei Heidesand und dem arroganten Phantom ist mir das egal, ich kenne nur diese Seite an ihnen. Aber du, Elenore ... vielleicht magst du nicht immer rational gewesen sein ... aber bei aller

Verrücktheit ... wirktest du immer ehrlich. Es war authentischer Wahnsinn. Ich will nicht, dass du nur ein weiteres Phantom in meinem Leben bist. Ich will, dass du echt bist. Es darf nicht sein, dass auch du noch deinen Schabernack mit mir treibst. Ich will dir wichtig sein, Elenore. Weil du mir wichtig bist. Weil du mehr für mich bist, als nur eine Idee. Ich kann nicht akzeptieren, dass du eine Illusion sein könntest, nein, das werde ich nicht akzeptieren! Und ich werde mich nicht mit irgendwelchen kontrafaktischen Welten abspeisen lassen, in denen du eventuell meiner Idee von dir entsprechen könntest — du musst mehr als eine diffuse Erscheinung sein, das fordere ich von der Realität!

Verdammt. Ich bin wirklich kein Stoiker. Ein Stoiker kennt keine Forderungen an Dinge, die er nicht beeinflussen kann.

Jetzt war sie wieder da. Rätselhaft und widersprüchlich wie eh und je. Doch ich fürchtete mich vor der Enträtselung. Bah, fürchterlich, ich war nicht nur der mieseste Stoiker aller Zeiten, sondern auch ein lausiger Detektiv. Ein Detektiv, der Angst vor der Lösung eines Rätsels jedweder Art hat, verdient diese Berufsbezeichnung nicht. Der konklusive Grund, Elenore tatsächlich aufzusuchen, war schließlich Delphines Therapiegruppe. Ich würde einfach behaupten, ich hätte ihr von dem Vorhaben der Professorin erzählen wollen und wäre deshalb gekommen. Die Kleine sollte bloß nicht denken, sie könnte mich so einfach durch die Gegend schicken, wie es ihr beliebte. Mir eine Tarotkarte vor die Füße werfen und darauf vertrauen, dass ich direkt antanzte? Frechheit! Für wen hielt sie sich? Nein, ich durfte ihr nicht zu viel durchgehen lassen. Aber sie benutzte ihr Handy zurzeit nicht. Deshalb konnte ich ihr die wichtige Mitteilung des philosophischen Rehabilitationskurses nur auf direktem Wege machen. Das war total alternativlos.

4

Madame Bovary und Don Quixote haben ein gemeinsames Problem

Also machte ich mich auf den Weg nach Konstanz. Die Schifffahrt auf der Fähre kam mir an diesem Tag recht lustig vor, denn die Sonne schien und der Himmel war so strahlend blau wie der See. Heiter schaute ich auf die sanften Wellen, fröhlich stieg ich in den Bus und beschwingt lief ich zum Park. Elenore war dank ihrer ungewöhnlichen Haarfarbe schon von Weitem zu erkennen. Sie saß in ein Buch versunken auf einer Bank unter einer Trauerweide nahe des Rheinufers. Heute trug sie ein zartgelbes Kleid mit dezentem Blumenmuster. Sie schien auf niemanden zu warten.

Als ich sie von ihrer Lektüre aufstörte, warf sie mir zunächst einen zerstreuten Blick zu und ließ das Buch in ihrer Handtasche verschwinden.

„Du hier!", stellte sie angenehm überrascht fest und ließ dann ein goldenes Medaillon aufschnappen, das sie sich an einer Kette um den Hals gehängt hatte. Es hatte wohl gleichzeitig die Funktion von Schmuck und Uhr inne. „Und sogar pünktlich …", fügte sie nach einem raschen Blick auf das Ziffernblatt der Uhrenkette hinzu.

Ich setzte mich neben sie auf die Bank und studierte neugierig die milde Verwunderung in ihrem Gesichtsausdruck.

„Du hast gedacht, ich würde dich versetzen?", fragte ich lauernd. Ihre Unsicherheit stellte eine gewisse Erleichterung für mich dar, weil dieser Umstand das Blatt zu meinen Gunsten wendete. Wäre sie zu überzeugt von meinem Erscheinen gewesen, hätte ich mich wohl fragen müssen, für wen sie sich denn hielt.

Sie blickte unschlüssig geradeaus aufs Wasser, bevor sie antwortete: „Du bist hier. Deine faktische Anwesenheit ist der Beweis dafür, dass die Methode funktioniert. Luise hatte also Recht …"

„Luise?"

„Na ja, als ich dich besuchen wollte, hatte sie Zeit, mir ihre Einschätzung mitzuteilen. Sie wollte wissen, ob ich dir etwas Wichtiges zu sagen habe oder dich nur sehen will. Letzteres war der Fall, zumindest in erster Linie … da warnte sie mich und sagte `Obacht, das könnte anhänglich wirken, du solltest ihm nicht zu viel Zeit widmen´. Und es stimmt ja, ich hätte dich nicht gleich aufsuchen sollen, sobald ich wieder hier in der Gegend war. Und da kam ich auf die seltsame Idee, durch das Fenster zu fliehen und mir dann gründlich zu überlegen, ob ich dir etwas zu sagen habe. Die Sache hatte nur einen Haken, ich würde dich nämlich nicht so schnell wiedersehen. Ich hatte einen Kuli dabei, aber keinen Zettel, nur meine Tarotkarten, also habe ich den Narren geopfert, um dir eine Botschaft zu schreiben …"

Ich war fassungslos und zugleich begeistert. „Und jetzt fehlt dir der Narr?"

„Das kommt drauf an … vielleicht taucht er ja wieder auf. Übrigens: Hast du meine Regenjacke?"

Ich schlug mir mit der flachen Hand gegen die Stirn. „Die Regenjacke! Natürlich! Ich bin so ein Idiot! Da wirst du mich demnächst tatsächlich nochmal besuchen müssen, so eine Tragödie aber auch. Obwohl, du hast noch einen anderen Grund, den kennst du jetzt nur noch nicht."

„Wie kann ich einen Grund haben, den ich nicht kenne?", wunderte sich Elenore. Sie hatte sich mir wieder zugewandt.

„Tja. Dazu später mehr. Wie konntest du dir so sicher sein, dass ich Zeit haben würde? Vielleicht hätte ich dich zwar treffen wollen und dennoch heute keine Zeit gehabt. Wie konntest du dich darauf verlassen?", fragte ich provokant.

Sie funkelte mich trotzig an. „Zeit hat man nicht. Niemand *hat* Zeit. Zeit nimmt man sich – und zwar für Tätigkeiten und Menschen, die einem wichtig erscheinen. Komm schon, du bist doch Philosoph, du glaubst doch wohl nicht an das Märchen vom Terminkalender!"

Sie war entzückend. Elenores Unberechenbarkeit überraschte mich immer wieder aufs Neue. Wirkte sie in einem Moment noch verlegen und schüchtern, konnte sie in der nächsten Sekunde plötzlich eine feurige Ansprache halten. Auch wenn ich in ihrer Abwesenheit meinen Erinnerungen an sie misstraut hatte, jetzt zeigte sich wieder einmal, dass sie wirklich in so einer ganz speziellen Bewusstseinszone lebte, die für den Rest der Welt ein Rätsel blieb. Im Gegensatz zum Phantom schien sie dabei keinem wohlüberlegten Plan zu folgen, es handelte sich um authentische Äußerungen.

Als ich ihrem Ausbruch der Empörung über jegliche Zeiteinteilung lauschte, musste ich lachen. „Schon okay, Momo, ich werde mein Konto bei der Zeitsparkasse kündigen, wir dürfen die grauen Herren nicht gewinnen lassen", meinte ich versöhnlich.

Elenore seufzte. „Wie schön, dass es noch Hoffnung in dieser Welt gibt. Habe ich schon erwähnt, dass ich eine gewisse Aversion gegen soziale Tatsachen habe? Oft denke ich, dass ich eh nichts mehr zu verlieren habe. Also bin ich frei, ein Risiko einzugehen. Tja ... und dann starte ich Aktionen wie diese hier ..."

„Und du warst wirklich überzeugt, dass der Trick funktioniert?", fragte ich gespannt.

Sie schüttelte leicht den Kopf und kramte in ihrer Tasche, während sie hastig antwortete. „Nein, gar nicht. Als ich dann draußen stand, war ich direkt verzweifelt. Ich war plötzlich überzeugt davon, dass du mich für total bescheuert halten musst. Aber zum Glück bist du ja auch nicht normal."

Ich hätte nie gedacht, dass „Du bist nicht normal" ein so wunderbares Kompliment für mich sein könnte. Dennoch beschloss ich, ihr diese Aussage direkt heimzuzahlen.

„Erstaunlich! Mir ging es genauso. Ich zweifelte daran, ob du nicht doch nur eine falsche Erinnerung von mir sein könntest. Wir hatten uns ja eine ganze Weile nicht gesehen. Da war ich skeptisch, ob ich enttäuscht wäre, dich im echten Leben wieder zu sehen ... weil du viel langweiliger bist, als ich dich in Erinnerung habe."

„Falsche Erinnerung? Das ist jetzt aber nicht nett", maulte sie.

Ich winkte ab. „Keine Sorge. Meine Erinnerung und meine aktuelle Wahrnehmung von dir ergänzen sich hervorragend. Du hast den Test bestanden."

Elenore verzog beleidigt den Mund. „Welche Ehre."

Es gab jedoch eine Sache, die mir noch nicht ganz einleuchten wollte. Zwar schmeichelte es mir ungemein, dass sie sich extra diese Geschichte mit der Flucht durch das Fenster zurechtgelegt hatte, nur um mich zu beeindrucken, aber …

„Warum hast du mir das erzählt? Da versuchst du geheimnisvoll zu wirken und alles, aber dann machst du es wieder zunichte, indem du mir verrätst, dass Luise dich dazu inspiriert hat und du darüber hinaus auch noch Angst hattest, ich würde nicht auf deine List eingehen. Ich meine, das ist schon ziemlich filmreif, aber eine Frau in einem Film hätte das niemals erzählt, das zerstört doch den ganzen Effekt!", erklärte ich ihr in einem vorwurfsvollen Tonfall, aber mit einem breiten Grinsen im Gesicht.

Elenore holte zwei Glasflaschen mit einem rosafarbenen Getränk aus ihrer Handtasche und reichte mir eine der Flaschen. „Hier. Himbeer-Erdbeer-Blaubeer-Smoothie nach eigener Rezeptur. Als Entschädigung für die Tasse Tee, die ich leider ausschlagen musste."
Ich probierte einen Schluck. Der Smoothie schmeckte etwas zu süß, aber fruchtig und war eindeutig besser als der ent-

setzliche Whiskey mit Kaffee, den mir das Phantom verabreicht hatte.

„Sieh mal, ich manipuliere nicht gern", fing Elenore ihre Erklärung für ihr aberwitziges Verhalten an. „Und natürlich war es eine Form der Manipulation, die dazu diente, dein Interesse zu wecken. Aber ich will nicht aufgrund von einem geheimnisvollen Verschwinden oder irgendwelcher Notizen auf Tarotkarten interessant sein, das ist so aufgesetzt. Wenn ich all dieses Theater nötig habe, damit du mir ein bisschen Aufmerksamkeit schenkst, dann willst du ja doch nur Sensationen. Und wenn es dir eigentlich nur um die Sensation geht, dann interessiert dich die Wahrheit nicht!"

Ich hatte ein bisschen Mühe ihr gedanklich zu folgen. Doch plötzlich ging mir ein Licht auf. „Zauberer verraten ihre Tricks nicht, um ihr Image zu wahren. Aber du verrätst mir deine Tricks, weil …", versuchte ich diesen Gedanken in Worte zu fassen.

„Weil ich ein Mensch bin und kein Image!", schleuderte sie mir ungeduldig entgegen.

Wir sahen uns einen Moment schweigend an und sagten uns dabei eine Menge. Doch plötzlich ertönte ein lautes Geschnatter von irgendwelchen Enten, die gerade hektisch flatternd vom Wasser aufflogen und denen Elenore ihre Aufmerksamkeit zuwandte.

„Wollen wir in die Stadt gehen?", schlug sie dann vor. Mir war es einerlei, solange sie nicht wieder los musste.
„Gut, dann gehen wir jetzt zur Marktstätte", entschied ich spontan. „Ich mag Marktplätze aufgrund ihrer philosophie-

geschichtlichen Bedeutung. Im alten Griechenland war es gar nicht so selten, dass Philosophen die Leute auf dem Marktplatz mit ihren Fragen über die richtige Lebensführung und die Wahrheit genervt haben … Kierkegaard hat das sogar im neunzehnten Jahrhundert noch gemacht, indem er Leute auf der Straße in philosophische Gespräche verwickelt hat", erzählte ich, als wir aufstanden und losliefen.

„Hast du das heute noch vor?", kicherte Elenore, als wir gerade mit Mühe und Not darauf achteten, nicht von Fahrradfahrern mit Tunnelblick, den natürlichen Feinden der Fußgänger, überrollt zu werden.

Ich runzelte die Stirn. „Das führe ich lieber an einem nichtssagenden Tag in den Semesterferien durch. Mir steht jetzt eher der Sinn danach, dich weiterhin in ein Gespräch zu verwickeln"

Das ließ sie sich gern gefallen, auch wenn sie mir nicht verraten wollte, warum sie so lange verschwunden und nicht erreichbar gewesen war. Stattdessen kamen wir auf die schriftliche Mitteilung ihres Traums zu sprechen, der mich vor gefährlichen Fischen, Tourismus oder Nebenjobs hatte warnen sollen. Als wir unser Ziel erreicht hatten und uns am Fuße des Kaiserbrunnens niederließen, hatte ich sie bereits über meine missglückte Karriere als Detektiv informiert. Ich hatte auch erwähnt, welche Rolle Heidesand, das Phantom und Delphine in dem Drama gespielt hatten.

„Und ich dachte immer, Heidesand hätte ein Krisenexperiment mit dir durchgeführt", kommentierte Elenore nachdenklich. „Aber siehst du, meine Träume sind nützlich. Vielleicht sollte ich meinen Master in Parapsychologie machen."

„Ach Elenore, vielleicht hat dein Traum mich auch so sehr verwirrt, dass ich gefährliche Verschwörungen gesehen habe, wo keine waren."

„Das glaube ich nicht, du hast nur zu viel gelesen. Deshalb glaubst du, du seist ein großer Detektiv. Mein Traum war bestimmt nicht der einzige Auslöser!"

„Und was liest du gerade?", fragte ich, weil ich mich erinnerte, sie bei meiner Ankunft mit einem Buch gesehen zu haben.

Elenore lächelte merkwürdig und zog das Buch aus der Tasche. „Madame Bovary", meinte sie etwas verlegen.

„Ist das nicht so ein französischer Klassiker, in dem die Protagonistin einen Haufen Affären hat?", erkundigte ich mich desinteressiert. Solche alten Gesellschaftsromane über irgendwelche Ehekrisen standen nun wirklich nicht auf meiner Leseliste, da blieb ich lieber bei meinem Dostojewski oder Beschreibungen des Künstlermilieus.

Elenore nahm den typischen Ausdruck einer Person an, deren Lektüre, Musikvorlieben oder Filmgeschmack man gerade aus sozialer Nachlässigkeit beleidigt hat. „Emma Bovary ist verheiratet, aber ihr Mann langweilt sie, weil er keinen Sinn für Musik und Literatur hat. Sie hat ihn übrigens schon mit achtzehn geheiratet. Und dann kommt so ein Typ und verführt sie, der lässt sie aber dann nach einer Weile sitzen. Ihre zweite Affäre hat sie dann mit einem, den sie für ihren

Seelenverwandten hält, doch das geht auch nicht gut und sie hat außerdem noch finanzielle Probleme und das alles nimmt ein tragisches Ende ... jedenfalls hat sie nicht gerade *einen Haufen Affären*. Das Thema ist jedenfalls nicht so originell, wie das, was Flaubert als Ursache dieses Schlamassels darstellt ..."

„Die Unterdrückung der Frau?", fragte ich und machte mich schon auf einen leidigen Gender-Diskurs gefasst.

„Nein nicht vorrangig, es geht eher darum, dass sie zu viel gelesen hat. Irgendwelche Liebesromane und solchen Kram. Sie hat sich so sehr in ihre Illusionen verstrickt, dass sie die Realität nach den Maßstäben ihrer Lektüre beurteilt und unangemessene Erwartungen an das echte Leben stellt. Sie lebt in ihrer Traumwelt, spielt sich und anderen etwas vor und wird dadurch selbst Opfer von scheinheiligen Versprechungen ..."

Dieser Interpretationsansatz hörte sich allerdings interessanter an. „Wie Don Quixote!", rief ich aus. „Der kommt auch nicht aus heiterem Himmel auf die Idee, ein edler Ritter zu werden, sondern weil er zu viele Bücher darüber gelesen hat. Und der irrt dann ebenfalls von der Lektüre beeinflusst durch die Gegend und sieht überall Gelegenheiten, seine ausgesprochene Tapferkeit zu beweisen ..."

Elenore lächelte mich vielsagend an. Ich machte eine abwehrende Geste. „Oh nein, ich habe nicht zu viel *Sherlock* gesehen, ich bitte dich, die Theorie ist lächerlich!"
Insgeheim fragte ich mich jedoch, ob sie Recht hatte. Anders konnte ich mir nämlich nicht erklären, dass ich mich über meine Mietschulden heimlich freute. Der Grund war,

dass ich mich nur dann wie ein echter, armer, genialer und verkannter Bohemien fühlen konnte.

„Du bist nicht allein. Ich fühle mich auch gefährdet, dabei schaue ich nicht einmal besonders viele Serien … aber das Lesen reicht schon, um jeglichen gesunden Menschenverstand zu rauben. Und wir sind bestimmt von den philosophischen Theorien noch zusätzlich geschädigt. Wir leben bestimmt voll an der Realität vorbei …"

„Welche Realität?", kommentierte ich zynisch. „Delphine will uns übrigens genau deshalb exorzieren. Sie hat dich auch eingeladen. Auf dass sie uns durch Logik und Wissenschaftstheorie alle fantastischen Ideen austreibe. Wie du siehst, wirst du bei deinem nächsten Besuch mehr zu tun haben, als die Regenjacke abzuholen …"

Elenore riss erstaunt die Augen auf. „Was, echt jetzt? Manet will uns zur Vernunft bringen? Das hat sie gesagt?"

Ich lachte höhnisch. „Das Phantom soll auch dabei sein, wenn es sich nicht in der Zwischenzeit in Luft aufgelöst hat."

Elenore wirkte eine Spur zu begeistert für meinen Geschmack, als ich das sagte. „Echt? Aber der scheint das ja noch dringender nötig zu haben als wir. Wer sich freiwillig ein Phantom nennt …", bemerkte sie dann.

Ich brummte irgendetwas Zustimmendes.
Sie hatte immerhin keine Einwände gegen Delphines Vorschlag.

Was als nächstes passierte, erinnerte mich schlagartig daran, warum es mit ihr so kompliziert war und aus welchem Grund sie vielleicht eine echte Therapie dringender nötig hätte, als die geplante Selbsthilfegruppe für Philosophierende ...

Elenore sprang plötzlich mit einen Schreckensschrei auf, taumelte gegen mich und klammerte sich für einen Moment an meinen Arm fest.

„Oh mein Gott, hast du das gesehen?", quietschte sie und starrte mit irrem Blick auf die wasserspeienden Seehasen, die auf dem Rand eines sich neben dem eigentlichen Brunnen befindlichen, kleineren Becken saßen.

„Was denn?", fragte ich irritiert.

„Das Viech in der Mitte ist gerade ins Wasser gesprungen! Das war nicht zu übersehen", behauptete sie und deutete in Richtung der kleinen Bronzefiguren, die ein Fabelwesen darstellen sollten, das sich aus Fisch und Hase zusammensetzte. Ich blinzelte, sah aber nicht, worauf sie hinaus wollte. Die witzigen Tiere standen brav und ordentlich an ihrem Platz und bewegten sich nicht vom Fleck. Und auch zuvor hatte ich keine auffällige Bewegung wahrgenommen.

„Habe nichts davon mitbekommen", sagte ich behutsam und strich ihr sanft über die Hand. Sie ließ sich mit einem verzweifelten Ausdruck im Gesicht wieder neben mich auf die Stufen vor dem Brunnen sinken und lehnte sich leicht an mich. „Oh nein, es geht schon wieder los", jammerte sie. „Das Schlafwandeln hat in letzter Zeit endlich wieder aufgehört. Seltsame Dinge habe ich auch schon eine ganze Weile nicht mehr gesehen. Und jetzt das! Bist du sicher, dass da nichts war? Ein kleiner Hund vielleicht ... oder ein Vogel?"

Ich schüttelte langsam den Kopf.

„Ich hätte schwören können, dass dieser Seehas einen Satz durch die Luft gemacht hat und dann im Wasser gelandet ist", sagte Elenore traurig.

Plötzlich machte sie Anstalten aufzustehen und zog mich mit sich. „Komm, wir gehen!", entschied sie. „Ich hasse es, an den Orten zu bleiben, wo ich halluziniere. Es ist mir dann immer so, als würde ich gleich völlig in eine andere Welt abdriften. Das ist zwar noch nie passiert, aber ich komme mir so beobachtet vor. Als würde diese Pferdestatue dort sofort losgaloppieren, wenn ich eine Sekunde unaufmerksam bin!"

Ich folgte ihr durch die Gassen der Altstadt und wusste nicht so wirklich, was ich dazu sagen sollte. „Hast du ... mal mit einem Experten darüber gesprochen?", fragte ich vorsichtig.

Elenore blieb stehen und gab einen verächtlichen Laut von sich. „Deshalb? Dein Ernst jetzt? Es sind ja meist nur Kleinigkeiten. Ein seltsames Geräusch oder eine Bewegung, wo keine ist. Vielleicht war es ja nur eine optische Täuschung. Eine Illusion. Die Figuren haben in der Sonne geglänzt, ich wurde geblendet, habe geblinzelt – und schwupp – der Hasenfisch springt ins Wasser."
„Hm", machte ich skeptisch.

„Dann war es meinetwegen eine Halluzination. Aber deshalb gleich Geld für den Psychologen ausgeben? Weißt du, was da eine Sitzung kostet? Und wenn die mich in die Psychiatrie schicken wollen, dann wird es doch auch nicht besser mit den vielen Medikamenten und den ganzen anderen Patienten", verteidigte sie sich.

Irgendwie einleuchtend. „Immerhin bist du in der Lage, deine Halluzinationen als solche zu erkennen und sie mithilfe externer Beobachter empirisch zu prüfen", lenkte ich mit einem zuvorkommenden Lächeln ein.

Elenore hob den Kopf. „Das will ich meinen! Aber süß von dir, dass du dir Sorgen um mich machst. Okay, wenn ich pinke Elefanten sehe oder die Stimme Gottes höre, dann kannst du mich einweisen lassen. Nein warte, nur wenn es irgendwas Beängstigendes ist oder ich anderen zu sehr auf die Nerven gehe. Wenn ich in glückseligem Irrsinn lebe, lass mir bitte die Verrücktheit. Im ´Lob der Torheit´ von Erasmus von Rotterdam wird das auch empfohlen. Wenn die Leute in ihrem Wahnsinn fröhlich sind, dann soll man sie besser nicht mit dem Elleboruskraut heilen."

„Das was?"

„Keine Ahnung, was das ist. War im sechzehnten Jahrhundert wohl eine angesagte Pflanze. Egal, wenn ich verrückt werde, dann beschaffe mir eben dieses verdammte Elleboruskraut! Wenn das auch nichts bringt, kann ich immer noch in die Geschlossene."

„Okay …"

„Außerdem bin ich immer noch nicht sicher, was diese Erscheinung denn nun war. Ich lese gerade ein paar Texte über die Philosophie der Wahrnehmung. Grenzphänomene sind Halluzination und Illusion. Ich bin schwer davon überzeugt, dass es eine Illusion war. Ich meine, die Brunnenfiguren und das Wasser im Brunnenbecken existieren doch. Ich habe mir nicht einen imaginären Gegenstand eingebildet oder so, meine Fehlwahrnehmung bezog sich auf einen realen Gegenstand!"

„Und der Kontext erlaubte es, dies als falsche Wahrnehmung zu entlarven …"

„Genau. Alles halb so wild."

Wir waren stehen geblieben. Erst jetzt bemerkte ich, dass wir bei ihrer Wohnung angelangt waren.

„Also, war schön heute. Bin schon gespannt, was die Professorin vorhat!", begann Elenore ihre Abschiedsansprache.

„Ja … wir sehen uns", erwiderte ich etwas enttäuscht darüber, dass sie mich wohl nicht in ihre Wohnung bitten würde. „Gab es noch etwas, das du mir sagen wolltest?"

„Das hatte ich vor", gestand sie. „Aber es ist noch zu kompliziert. Du wirst es schon verstehen, davon bin ich überzeugt. Es hat jedenfalls nichts mit dir zu tun, dass ich gerade nicht darüber reden will, okay?"

Ich nickte einsichtig und wir umarmten uns zum Abschied. Als sie die Haustür hinter sich geschlossen hatte, lief ich nachdenklich die Straße entlang und ärgerte mich über das

Lied, das mir gerade in den Sinn gekommen war. Es handelte sich um den fürchterlichen Popsong „Sweet But Psycho" von Ava Max. Das Lied muss man laut meiner Schwester Carmelinda Haselhuhn (ausgefallene Namen sind in unserer Familie wohl normal) zwar kennen, aber es treibt jeden Menschen mit einem etwas differenzierteren Musikgeschmack in die Flucht. Dennoch, es war wohl kein Zufall, dass ich jetzt diesen Ohrwurm hatte … der Titel traf leider ziemlich gut auf Elenore zu.

5

Die Wesensdefinition des Wissens

„Ich bin dein Erzfeind! Dein schlimmster Alptraum! Der Herr des Schreckens!", wütete Karl Sandemar.

„Ach, jetzt klingt deine Ausdrucksweise aber in trashiger Manier angestaubt. Der Herr des Schreckens? Dein Ernst? Warum nicht gleich ´Der Hexer`, wie bei Edgar Wallace?", spottete ich.

„Du verstehst auch gar nichts. Wenn es dich interessiert – ich bin der Quotenschurke!"

Es war einfacher gewesen als gedacht, das Phantom wiederzufinden. Dabei war das nicht einmal meine Absicht gewesen, als ich zur Uni gefahren war.

Eigentlich hatte ich nur endlich eine Unigebäude-Meditation durchführen wollen, um meinen Geist zu sammeln und dann konzentriert und motiviert den überfälligen Essay in Erkenntnistheorie zu schreiben. Die Meditation hätte darin bestanden, auf einer Bank vor der Uni zu sitzen, kontemplativ das Gebäude zu betrachten und mir darüber bewusst zu werden, wie viele Wissenschaftler*innen (ja Luise, ich habe das Gender-Sternchen nicht vergessen!) und wissbegierige, fleißige Studis hier täglich ein- und ausgingen. Zahlreiche Menschen, die so viel empirischere Wissenschaften studierten, so viel relevantere Beiträge zur Organisation unserer Gesellschaft beisteuerten als ich. Und welche Ehre es war, trotz allem einen kleinen Teil zu dieser riesigen Welt des Wissens beitragen zu dürfen.

Wenn mich daraufhin der Wissenseifer gepackt hätte, wäre ich mit seriöser Miene in die Bibliothek gegangen, wo nichts und niemand mich hätte ablenken können. Dann hätte ich einen exzellenten Essay verfasst. Außerdem hätte ich für einige Stunden nicht über Elenore nachgedacht, die ich seit unserer letzten Begegnung nicht vergessen konnte. Ich hatte mir also voll Entschlusskraft den edlen Vorsatz gefasst, meiner Studentenpflicht zu obliegen.

Der Umsetzung dieses Vorhabens ging eine Geh-Meditation auf dem Campus voraus. Eigentlich hatte ich einen Waldspaziergang machen wollen, aber es war ziemlich stürmisch, also lief ich nur ein paar Schritte auf dem Gelände herum.

Unglücklicherweise erspähte ich (gerade als ich beinahe genügend Ehrgeiz für den zu verfassenden Text beisammen hatte) einen jungen Mann, der ebenfalls verloren auf dem Parkplatz umherschlenderte.

Ich wunderte mich, warum er so desorientiert auf und ab lief und erkannte plötzlich, dass es sich um „Arthur" handelte. Ich wusste nicht, wann ich wieder Gelegenheit haben würde, ihn zu sprechen. Also machte ich mich bemerkbar.

„Warum läufst du so hin und her?", rief ich und stellte so die Warum-Frage in bester Anscombe-Manier, damit ich seine mit diesem Verhalten verbundene Absicht erfahren würde.

Ich erwartete ein „halt so" als Antwort, bekam aber ein: „Ich laufe herum, weil es stürmt und ich darauf warte, dass mich etwas Vorbeifliegendes erschlägt!"

„Warum?", rief ich alarmiert und lief auf ihn zu.

„Weil ich das absurd finde", schrie er gegen den Wind an. „Warum ich etwas tue, das ich absurd finde? Weil ich Camus gelesen habe. Vergleiche: Mythos des Sisyphos. Siehst du, ich kann doch Quellen angeben", fügte er mit einem spöttischen Lächeln hinzu, als ich ihn erreicht hatte.

Dann beschloss er spontan, dass er heute doch nicht mehr von einem vorbeifliegenden Ast erschlagen werden wollte, weil er es bevorzugte, mich in den Wahnsinn zu treiben.

Auf dem Weg ins Hauptgebäude der Uni erklärte er mir, dass er sich ab heute nicht mehr Arthur nennen würde.

„Ich bin so mürrisch in letzter Zeit, ich muss aufpassen, dass ich kein Misanthrop werde. Vielleicht war es doch keine gute Idee, mich nach Schopenhauer zu benennen, der war so pessimistisch. Ich habe sogar schon überlegt, mir einen Pudel anzuschaffen, aber eher weil ich wissen will, was des Pudels Kern ist ...", begründete er die geplante Umbenennung.

„Und wie heißt du dann?", fragte ich und verdrehte die Augen.

Bald-nicht-mehr-Arthur runzelte die Stirn. „Das weiß ich jetzt noch nicht, denn es handelt sich um eine weitreichende Entscheidung."

Wir setzten uns in die Mensa, wo wir das Gespräch fortführten. Ohne Vorwarnung schnappte sich Arthur meinen Rucksack und wühlte darin.

„He!", protestierte ich entrüstet. „Was fällt dir ein?"

Strahlend förderte er das Buch zutage, das ich gerade las. Ich war gerade mit der Bohème fertig geworden und widmete mich nun dem „Weg nach Glockenreich", einem Buch über das Leben eines Landstreichers. Arthur blätterte nachdenklich darin, während er kommentierte: „Wusste ich doch, dass du ein Buch dabei hast. Jeder Student, der was auf sich hält, hat ein Buch dabei …"

„Für wen hältst du dich?", schnaubte ich.

„Sandemar!", jubelte er plötzlich und warf das Buch auf den Tisch. „Sandemar, der Globetrotter. Diesen Namen plagiiere ich mit Vergnügen. Aber das wird mein Nachname, ich brauche also noch einen Vornamen …" sinnierte er und blickte zu einer Gruppe Mädchen, die ein paar Tische weiter saßen und denen er schelmisch zuzwinkerte.

Er hatte sich also nach einer Nebenfigur in diesem Buch benannt, dem weisen und weltläufigen Landstreicher Sandemar. Verständlich, der Protagonist hieß schließlich Bolle.

„Heureka!", rief Sandemar plötzlich und schlug mit der Hand auf den Tisch.

„Heureka klingt aber eher nach einem Frauennamen …", witzelte ich.

„Nein, das hat Archimedes gerufen, als …"

„Junge, ich weiß was ´Heureka´ bedeutet! Also, wie ist denn dein erlauchter Vorname, wenn ich fragen darf?"

„Karl."

„Karl der Große?"

„Karl der Räuber. Schon mal was von Schiller gehört? ´Mut hab ich genug, um barfuß mitten durch die Hölle zu gehen`. Könnte mein Lebensmotto werden. Aber du hast vorhin gefragt, für wen ich mich halte ... also ich antworte dir jetzt von Phantom zu Detektiv ..."

Und hier sind wir an der Stelle angelangt, mit der dieses Kapitel begonnen hat.

„Der Quotenschurke?", fragte ich ihn, um zu überprüfen, ob ich ihn richtig verstanden hatte.

Karl Sandemar nickte gewichtig. „Ein in Serien moderner Streamingdienste wie Netflix verbreitetes Phänomen. Stell´ dir vor, wir besuchen eine Elite-Uni. Und wie viele intrigante, psychopathische Kapitalisten auf Drogen ohne jegliche Moral, aber mit dunklen Geheimnissen kennst du aktuell?"

Ich starrte ihn an. „Äh, also wenn das alles zusammen kommt ... keine?", war meine unbeholfene Antwort.

Karl verschränkte die Arme und zog eine Augenbraue hoch. „So gut wie keine. Doch zum Glück gibt es mich, der die Schurkenquote retten wird. Wenn das hier eine Serie wäre, würde sie keine Produktionsmittel erhalten. Zu *lame*. Aber dank mir wird die Story interessant, denn ich bin für die Intrigen zuständig. Das ist IN heute."

Das überzeugte mich vor allem von einer Sache: Elenore hatte Recht, wenn sie meinte, dass Leute die zu viele Bücher lesen, zu viele Serien schauen und sich überhaupt in seltsamen Fantasiewelten bewegen, nicht mehr ganz zurechnungsfähig sind. Er war ein eindeutiger Fall für die philosophische Vernunft-Therapie, aber es würde schwierig werden, ihn davon zu überzeugen.

„Aber Herr des Schreckens klingt einfach nicht nach Internetzeitalter!", beharrte ich.

„Ja gut, ist halt Fantômas. Wenn du Fantômas und vielleicht auch die literarische Version von Arsène Lupin kennen würdest, könntest es verstehen. Wobei, Lupin ist viel zu nett.

Aber Fantômas ist wirklich schön grausig, also ich meine jetzt nicht die Komödie aus den Sechzigern, sondern die Bücher. Da merkt man, dass sich das Publikum in hundert Jahren nicht so sehr ändert …"

Ich verstand kein Wort. „Ich musste einmal in der Bibliothek übernachten, da bin ich in der Romanistik-Abteilung gestrandet und stand plötzlich vor einem Regal mit französischen Kriminalromanen. Ich habe die ganze Nacht Geschichten über Verbrechergenies gelesen, die sich immer neue Identitäten zulegen. War noch vor dem Plagiat. Tja, vielleicht hat mich die Lektüre irgendwie beeinflusst", schilderte Sandemar seinen Werdegang zum Phantom.

Ich setzte eine gelangweilte Miene auf. „So trivial? Komm schon, bei einem wie dir hätte ich mit einer intellektuelleren Begründung für das Dasein als Phantom gerechnet. Krimis und Serien kann jeder."

Ich bemerkte mit Genugtuung, dass ihn diese Provokation verärgerte. Es würde sich noch zeigen, wer hier am Ende der Ungebildetere war. Doch ich hatte mich zu früh gefreut.

„Wenn du es so genau wissen willst, hat mich die Lektüre von Saul Kripkes ´Naming and Necessity´ ebenfalls beeinflusst, da meine zahlreichen Pseudonyme eine ziemlich ironische Geste sind. Der ganze Witz ist aber nur nachvollziehbar, wenn man sich je mit der Debatte über die Bedeutung von Eigennamen befasst hat. Es wäre wohl von Vorteil die entsprechenden Theorien von Russell, Frege, Wittgenstein und Searle ebenfalls zu kennen, um zu verstehen, welches Ausmaß an Verwirrung ich durch die ständigen Umbenennungen provoziere! Vor allem wenn man bedenkt, dass ich gerne Namen von literarischen Personen oder Philosophen klaue! Allerdings steht das auch noch im Kontext zu meiner eigenen Theorie über die personale Identität des menschlichen Individuums, die auf zahlreiche Philosophen wie zum Beispiel Platon, Locke, Hume, Sartre und buddhistische Ansätze zurückgreift und schließlich zu der Konklusion kommt, dass …"

„Ja?"

„Es überhaupt keine festgelegte personale Identität gibt!"

„Und, dass man deshalb auch direkt als Phantom leben kann?"

„Indeed."

„Und wie begründest du das, zum Kuckuck nochmal?!"

„Das erkläre ich dir, wenn du im fünften Semester bist. Vorher hat es keinen Wert. Du bist ja kaum über das zweite Semester raus … eigentlich lohnt es sich gar nicht, sich mit Leuten zu unterhalten, die weniger als fünf Semester Philosophie studiert haben. Stell dir vor, das hab ich schon damals an meinem ersten Tag in der Uni durchschaut …"

„Warst du nicht früher Tutor?"

„Doch, doch. Wenn ich Geld dafür bekomme, rede ich auch mit Leuten aus den unteren Semestern."

Er war ein hoffnungsloser Fall. Wenn er so gern seine Identität wechselte, wieso konnte er dann nicht einmal als bescheidener und gelassener Mensch auftreten? Wenn er das Landstreicher-Buch aus dem er den Namen geklaut hatte, mal gelesen hätte, dann hätte er sich ein Beispiel an dem weltklugen Sandemar nehmen können. Nicht immer wie so ein rebellischer Räuber großartige Reden schwingen!

Um Leuten wie ihm beizukommen gab es eigentlich nur zwei Bücher: „Hand-Orakel und Kunst der Weltklugheit" von Balthasar Gracian und Schopenhauers „Eristische Dialektik".

Leider war es schon eine Weile her, seit ich diese Bücher gelesen hatte, etwa als ich in meinem Jahr als Klassensprecher darüber spekuliert hatte, ein wichtiger Politiker zu werden. Doch bei einem Typen wie dem Phantom konnte es sein, dass er diese Bücher schon auswendig gelernt hatte, Zeit genug blieb ihm ja dafür.

Vielleicht würde ich im Zweifel auf die Stoiker oder Buddha-Zitate zurückgreifen müssen. Einfach akzeptieren, was ich nicht ändern konnte und mit stiller Überlegenheit nachsichtig lächeln. Dieser Vorsatz vertrug sich allerdings meist nicht besonders gut mit meiner impulsiven Launenhaftigkeit.

Nun würde ich allerdings zu einer List greifen und mir die Schwäche meines Gegners zunutze machen. Er hörte sich gern reden, also musste ich ihn dazu bringen, über etwas zu reden, was für mich relevant war.

„Kennst du dich mit Erkenntnistheorie aus?", wechselte ich das Thema. Zu irgendetwas musste so ein Phantom ja gut sein.

„Und wenn?"

„Ich finde das so langweilig, muss aber trotzdem einen Essay darüber schreiben … ob es eine Wesensdefinition des Wissens geben kann", klagte ich und mimte den hilflosen Studenten im zweiten Semester, mit dem er sich normalerweise nicht abgeben würde.

„Aber Nikodemos, das ist das Gegenteil von langweilig!", rief er theatralisch aus. „Da merkt man, dass du kein Insider bist."

„Insider von was?"

Er sah sich unauffällig nach möglichen Spionen an den anderen Mensatischen um und beugte sich dann etwas vor, bevor er raunte: „Informationen über den Geheimbund!"

Ich sah ihn gespannt an. Was er nun wieder für einen Blödsinn erzählen würde?

„Du denkst jetzt vielleicht, das sei alles unwichtig und weltfremd. Vielleicht gibt es aber Menschen, die mit den Methoden der Erkenntnistheorie bereits herausgefunden haben, was Wissen, was Wahrheit ist! Sie halten diese Informationen natürlich gezielt zurück, weil sie verhindern wollen, dass Krethi und Plethi davon erfahren. Deshalb kommt man in den Vorlesungen und den Lehrbüchern doch immer zu dem Schluss, dass es kompliziert ist, weil es verschiedene Positionen gibt und letztlich alle kritikwürdig sind. Genau in dem Moment, wenn es interessant wird! Doch die Verschwörer haben geheime Bibliotheken mit unveröffentlichten Schriften der wichtigsten Philosophen aller Zeiten. Und natürlich haben sie sich schon längst die ultimative Wesensdefinition des Wissens erschlossen, die gegen sämtliche Gegenbeispiele immun ist, weil sie wirklich wahr ist. Und wir stehen da und sagen mit gelehrigen Gesichtern, dass es vielleicht gar keine Wahrheit gibt. Und diese Elite lacht sich ins Fäustchen, weil sie schon längst die Macht über die Welt hat und das Weltgeschehen maßgeblich beeinflusst. Wissen ist Macht, doch das ist dann mehr als so ein Sprichwort, nein, sie *wissen* was Wissen ist, haben den exklusiven Zugang zur Wesensdefinition des Wissens. Uns geben sie nur die Ansätze, verwirren uns mit Gegenbeispielen und lassen uns im Dunkeln tappen. Stell dir vor, wir könnten endlich die beiden Grundfragen der Erkenntnistheorie beantworten: Was ist Wissen? Was können wir wissen? Und von da ausgehend wäre es eine Kleinigkeit auch die Debatten aus den anderen Teilbereichen der Philosophie zu beantworten … Metaphysik, Ethik, Handlungstheorie, Philosophie des Geistes, was immer du willst … und was wäre die Konsequenz, wenn erst die Philosophiestudenten und dann die breite Öffentlichkeit davon erfahren? Eine Revolution sag´ ich dir, eine weltweite RE-VOLUTION!"

Zum krönenden Abschluss dieser flammenden Rede sprang er mit erhobener Faust und lautem Gepolter auf. Die Studentinnen vom Nachbartisch starrten erschrocken in unsere Richtung, kicherten dann und tuschelten miteinander.

Karl Sandemar schnappte sich einen Flyer von einem unbesetzten Tisch und warf ihn vor mich hin.

„Hier, ein Bücherflohmarkt. Vielleicht findet sich da ein verlorenes Dokument aus einer geheimen Bibliothek!", fügte er erklärend hinzu. „Ich muss jetzt ein paar Touristen die Philosophen vom Bodensee vorstellen", meinte er zum Abschied.

„Warte!", rief ich. „Du sollst Mitglied in einem philosophischen Zirkel werden, wir haben demnächst die erste Sitzung."

Sandemar hielt inne. „Ich arbeite gewöhnlich allein", meinte er.

„Du als Plagiator solltest nicht so verschwenderisch mit zweiten Chancen umgehen!", warf ich ihm vor.

Er zog verärgert die Brauen zusammen, sagte aber dann: „Ich werde es mir überlegen … wann und wo?"

Ich antwortete mit Datum und Adresse, erwähnte aber nicht, dass es eine Therapiegruppe sein sollte, die Delphine Manet leiten würde. Ich wusste nicht, wie er auf sie zu sprechen war.

Und weg war das Phantom. Über Erkenntnistheorie hatte er mir natürlich nichts Sinnvolles erzählt. Aber es war eine nette, motivierende Verschwörungsgeschichte. Wenn ich mir das so vorstellte, wirkte das Thema meines Essays tatsächlich interessanter. Bedeutender. Als ginge es darum, hinter ein entscheidendes Geheimnis zu kommen. Ich wollte nun wirklich wissen, ob man aus der Frage nach dieser Wesensdefinition eine Verschwörungstheorie ableiten konnte. Und – oh Wunder – ich machte mich an die Arbeit!

Als ich zu einem vorzeigbaren Ergebnis gekommen war und es dem entsprechenden Dozenten, nachgereicht hatte, beschäftigte mich doch der Gedanke, ob ich dafür die erhofften Credits bekommen würde. Delphine Manet warnte mich vor der Möglichkeit, dass ich dieses Semester zu wenige Credits verdienen würde.

Deshalb beschloss ich keck, die Existenz von Credits zu leugnen und Delphine davon zu überzeugen. Vielleicht könnte sie ihren Einfluss als bekannte Professorin geltend machen und eine Debatte über dieses Thema auslösen. Sie würden zu dem Schluss kommen, dass es Credits wirklich nicht gab und das Hochschulsystem ändern. Dann bräuchte niemand mehr Angst vor nicht-erhaltenen Credits zu haben. Und das alles hätten künftige Generationen von Studierenden dem selbstlosen Einsatz von Nikodemos Haselhuhn zu verdanken!

„Ach was …", winkte ich ab. „Credits? Was sind denn bitte Credits? Ich habe noch nie Credits gesehen oder gehört, demnach sind sie wohl nicht empirisch wahrnehmbar. Ist Ihnen schon einmal ein Credit über den Weg gelaufen? Und wenn sie jetzt behaupten wollen, dass Credits trotzdem existieren, nämlich als Idee *a priori*, dann müsste ja schon immer eine Idee von Credits in meinem Geist gehaust haben. Wenn die Vorstellung von Credits angeboren ist, dann hätte ich schon im Kindergarten davon wissen müssen. Aber mir sagte weder dieses Wort etwas, noch hatte ich einen blassen Schimmer, dass es so eine Entität notwendig in der Welt geben muss …wieso sollte ich an etwas glauben, was weder sinnlich wahrnehmbar ist, noch eine angeborene Idee des

Menschen sein kann? So – da haben wir es! Ich glaube nicht an Credits."

Delphine hatte mir schmunzelnd zugehört und schüttelte nun sanft den Kopf. „Bedauerlicherweise glaubt jedoch die Prüfungsverwaltung daran, was zu unangenehmen Konsequenzen für Sie führen könnte …", widersprach sie und blickte mich dabei aufmerksam an.

Ich machte eine wegwerfende Geste. „Pah! Die würden mich exmatrikulieren, nur weil ich nicht an so einen metaphysischen Quatsch namens Credits glaube? In welchem Jahrhundert leben wir denn? Früher haben sie Atheisten als Ketzer verbrannt, heute …"

„Dann stellen Sie sich eben vor, es würde keine Credits geben. Schön. In diesem Fall müssten Sie trotzdem etwas für ihr Studium leisten, weil es zu den Aufgaben eines Studenten gehört. Gewissermaßen handelt es sich hierbei um das *ergon* des Studenten: nämlich studieren. Und zum Studium der Philosophie gehört eben der Besuch von Vorlesungen und Seminaren, das Bestehen von Klausuren und das Verfassen diverser philosophischer Texte."

Mir fiel keine Erwiderung darauf ein.

Mein Zweifel an der Existenz der Credits bewahrte mich offenbar doch nicht davor, meiner Studentenpflicht nachzukommen. Da müsste ich direkt die Nicht-Existenz der empirischen Welt beweisen.

Und so blöd war ich dann auch wieder nicht, mich auf dieses gefährliche philosophische Terrain einer solchen Jahrhundertaufgabe zu wagen - nur um eine Ausrede zu haben, warum ich nicht genügend studierte!

6

Stundenplan einer Weltretterin

In den Tagen vor der ersten Gruppensitzung war es ein Ding der Unmöglichkeit, Luise anzutreffen und zu einem Gespräch zu bewegen. Die Suche nach dem Stein der Weisen wäre eine aussichtsreichere Unternehmung gewesen.

Entweder war sie gerade mit ihrer Demo-Gruppe unterwegs, oder sie war joggen oder sie musste unbedingt etwas für ihr Studium lesen oder einen wichtigen Artikel für einen Blog schreiben oder ein neues Rezept von irgendeiner Fitness-Öko-Influencerin ausprobieren.

An einem Samstagvormittag jedoch ertappte ich Luise, wie sie unmotiviert auf dem Wohnzimmersofa herumhing, mit Desinteresse durch die beliebtesten Online-Artikel auf ihrem Smartphone scrollte und dabei einen Proteinriegel mampfte. Sie trug Jogginghosen und ein schlichtes Top, ihre kurzen Haare waren noch nicht in Form gebracht und standen wirr vom Kopf ab. Sie sah erschöpft auf, als ich mich ihr gegenüber in Delphines Lieblingssessel fallen ließ.

„Haselhuhn, was geht?", sagte Luise lahm.

„Der Nachmittag wird genial!", prognostizierte ich schwungvoll. „Die Maler kommen vorbei, und wenn wir Glück haben, könnte ich Elenore auch überzeugen. Vielleicht lernst du sogar das Phantom kennen, aber bei dem kann ich für nichts garantieren."

„Aha", machte Luise und aß den letzten Bissen ihres Riegels.

„Hast du deiner Managerkrankheit jetzt einen Burn-Out zu verdanken?", nervte ich sie.

Luise legte ihr Smartphone ärgerlich auf den gläsernen Beistelltisch. „Und du? Was macht der bedeutende Philosoph? Hast du seit deiner angeblichen Fugu-Vergiftung auch nur eine Zeile geschrieben? Oder einen Roman angefangen, eine Novelle wenigstens? Schriftsteller wolltest du doch auch schon werden!"

De facto hatte ich das Schreiben ziemlich vernachlässigt.

Damals wusste ich ja noch nicht, dass ich einmal der Verfasser meiner Autobiografie werden würde. Zu dieser Zeit hatte ich es gerade wieder aufgegeben, eine Dichterlaufbahn anzustreben. Die fixe Idee mit dem Dichterdasein hatte sich aus der Lektüre eines biografischen Romans über den ungarischen Dichter und Revolutionär Sándor Petöfi ergeben, der in meinem Alter halb verhungert, aber sehr von sich überzeugt, leidenschaftlich darum kämpfte, seinen Gedichten unsterblichen Ruhm zu verleihen. Ich war mal wieder ganz begeistert vom Mythos des verlumpten Genies, das zuerst verkannt, später verehrt wird.

Leider klappte es mit den Gedichten nicht ganz so gut. Ich schob es auf die vielen Ablenkungen im Internetzeitalter. Wer bei Kerzenschein und Minusgraden vor hundertfünfzig Jahren in einer Dachkammer gehaust hatte, war bestimmt inspirierter gewesen, als ich mit dem ganzen nervigen Technikkram.

„Bin gerade auf der Suche nach Inspiration", gab ich zu.

Luise stand auf und schlurfte zu dem imposanten Buchregal an der Wand, das die Hausbibliothek meiner Professorin darstellte. Meine Mitbewohnerin ging mit ihrem Blick prüfend die Bücher durch, bis sie triumphierend ein schmales Bändchen aus dem Regal zog. Sie überreichte es mir feierlich. Der Titel lautete „Warum ich keines meiner Bücher geschrieben habe", der Autor hieß Marcel Bénabou.

Ich überflog die Beschreibung und fand schnell heraus, dass es um Ausreden und Begründungen ging, warum ein Schriftsteller keines seiner geplanten Bücher beendet. Ich schaute vom Buch auf und lächelte ironisch über diese Verwarnung.

„Danke Lou, aber momentan lese ich ein Buch über Landstreicher mit philosophischen Gedanken."

„Oh, Haselhuhn macht Karrierepläne!", mobbte sie mich.

„Was meinst du, hast du heute Nachmittag Zeit für die philosophische Selbsthilfegruppe?", kam ich wieder auf das eigentliche Thema zu sprechen.

Luise zuckte unschlüssig die Schultern. „Was soll mir das bringen?"

„Das weißt du erst, wenn du es dir anschaust", erklärte ich.

Anfangs war ich skeptisch gegen Delphines Idee gewesen. Inzwischen war ich einfach nur gespannt darauf, was passieren würde, wenn diese unterschiedlichen Menschen unter der Leitung einer Philosophieprofessorin ihr Leben in den Griff bekommen sollten.

Luise hatte das wohl nicht nötig, aber vielleicht würde es ihr helfen, die Dinge etwas gelassener zu sehen und nicht aus jeder alltäglichen Kleinigkeit ein Politikum zu machen. Egal ob es nun um die Umwelt oder um Genderfragen ging, Luise lag immer auf der Lauer.

„Folge mir", sagte sie. Luise nahm mich mit in ihr Zimmer, um mir dort ihr Lebenskonzept zu erklären. Es war wie immer sauber, ordentlich und zweckmäßig eingerichtet. Nur einige Fotos an einer Pinnwand und ein paar motivierende Sprüche auf Postkarten wie „*Be the change you want to see in the world*" oder „*Feeling empowered because I use my power to empower other people*" erinnerten daran, dass wir nicht im Möbelhaus waren. Über den Spruch „*A woman without a man is like a fish without a bicycle*" runzelte ich kurz die Stirn.

Auf den Fotos war sie meist auf Reisen zu sehen: Luise beim Bergsteigen, Luise und ihre beste Freundin Shakti an einem Strand, eine weitaus jüngere Luise mit ein paar Freundinnen vor einer vielfotografierten Sehenswürdigkeit und weitere Fotos dieser Art. Dann noch Luise mit einigen Kumpels auf einer Friedensdemo, sowie Luise bei einem Sitzstreik fürs Klima mit anderen umweltbewussten jungen Leuten. Shakti hatte sich in ihrer Polizeiuniform auf das Bild geschlichen und grinste mit den Streikenden um die Wette, ihre dunklen Augen funkelten rebellisch.

„Da war sie im Dienst!", erklärte Luise stolz, die meinem Blick gefolgt war. „Ich habe schnell ein Selfie gemacht, bevor sie uns mit ihren Kollegen wegbringen musste. Aber das war schon okay, sie setzt sich immer bei ihren Vorgesetzten für uns ein. Von dem Foto sollten die allerdings nichts wissen … vielleicht gibt es doch noch Hoffnung für die Welt, was meinst du? Eine Polizistin in Deutschland, deren Großeltern aus Indien sind, setzt sich für die demokratischen Rechte friedlicher Klimaaktivistinnen ein! Aber wenn sie es mit üblen Burschen zu tun bekommt, lässt sie nichts durchgehen!"

Ich nickte anerkennend. „Beeindruckend. Und da lächelt sie sogar. Als sie dich letztens besucht hat, schaute sie so grimmig aus."

„Bei dem Job hat man ja nicht immer was zu lachen!", motzte Luise. „Aber ich wollte dir etwas anderes zeigen. Hier, mein Stundenplan", sagte sie und deutete auf eine Magnettafel an der Wand.

Sie hatte ihre ganze Woche (bis auf das Wochenende) mit sozialem Engagement, wissenschaftlichen Recherchen und Selbstoptimierung durchgetaktet.

So etwas hatte ich bisher weder gesehen noch für möglich gehalten.

„Ich setze mich jeden Tag der Woche für einen anderen guten Zweck ein", erläuterte sie mir. „Viele Leute sagen, dass es so viel gibt, wofür man sich einsetzen müsste und benutzen das dann als Ausrede zum Nichtstun. Ich widerlege diese These durch mein Beispiel. Indem ich mich jeden Tag um etwas anderes kümmere."

Mit einem leichten Schaudern betrachtete ich ihre Zeiteinteilung für die Semesterferien. Montags kümmerte sie sich um den Weltfrieden, dienstags um das Klima, mittwochs um Diversity: Das heißt, jede zweite Woche widmete sie sich dem Feminismus und ansonsten setzte sie sich abwechselnd gegen Rassismus oder für Menschen mit Behinderung oder für sozial Benachteiligte oder Geflüchtete oder für die Rechte von Menschen mit einer sexuellen LGTBQ-Orientierung ein. Der Mittwoch war bei ihr also ein flexibler Tag, den sie meistens den Frauenrechten widmete. Donnerstags kam dann der Tierschutz an die Reihe. Und freitags war dafür vorgesehen, ins Fitnessstudio zu gehen und für die Uni zu lernen. Das Wochenende war mit der Aufschrift „Meditation (?)" versehen.

„Und was machst du genau?", fragte ich sie.

Ich hatte gewusst, dass sie engagierter war, als ich. Aber ich hatte nicht damit gerechnet, dass sie so fanatisch bei der Sache war. Die Frau wurde mir geradezu unheimlich.

„Für den Frieden organisiere ich Demonstrationen. Die Gruppe trifft sich montags und wir demonstrieren etwa alle zwei Monate. Klima - da gehe ich manchmal Müllsammeln und verlange dann vom Rathaus als Entschädigung für den Arbeitsaufwand Spenden für Umweltprojekte. Oder ich schreibe Anfragen an Leute aus der Kommunalpolitik, um ihnen Druck zu machen. Über Frauenrechte und Diversity verfasse ich entweder Artikel oder unterschreibe Petitionen im Internet. Manchmal beteilige ich mich auch in einem Café, das von Geflüchteten gegründet wurde, bei der Organisation von interkulturellen Thementagen. Und was den Tierschutz anbelangt, gehe ich jeden Donnerstag mit Hunden aus dem Tierheim gassi."

Ich konnte es nicht fassen. War sie die Wiedergeburt von Simone Weil oder was? Da konnte man ja nur hoffen, dass sie sich nicht noch mehr verausgaben würde.

„Ist es nicht sinnvoller sich für eine bestimmte Sache einzusetzen?", wagte ich mich vor.

Luise sah mich entgeistert an. „Nein, dabei wird man nur ausgebeutet. Weißt du, wie oft ich mir anhören musste, dass ich für die einzelnen Zwecke ja noch dies und jenes tun könnte? Aber da gibt es keine Grenze, die Arbeit hört nie auf. So kann ich immer sagen: ja, der Klimaschutz ist wichtig, aber ich setze mich auch noch gegen Krieg und für Frauenrechte ein, ich werde hier also nicht zehn Aufgaben übernehmen können. Und die akzeptieren das dann schon. Wenn ich allerdings sagen würde: ´Ach übrigens, ich will den Rest der Woche noch Partys feiern und Serien schauen´ dann würden manche mich als verantwortungslose Egoistin beschimpfen. Lustig, was?"

Kein Wunder war sie so erschöpft am Wochenende. Aber irgendetwas störte mich an ihrer makellosen Zeiteinteilung. „Und wann ... hast du Spaß?", brachte ich hervor.

Sie starrte aus dem Fenster, als sie sagte: „Der sinnvolle Einsatz für die Menschheit macht mir Spaß! Und wenn du mir ein mangelndes Privatleben unterstellen willst, dann bist du wohl kaum in der richtigen Position dazu. Haselhuhn, erkenne dich selbst! Entweder du liest alte Bücher oder triffst verpeilte Leute, die gelegentlich ohne Vorwarnung untertauchen müssen. Ein Leben voller Spaß stelle ich mir anders vor …"

In diesem Moment klingelte es an der Haustür. „Die Maler!", rief ich begeistert und stürmte die Treppe hinunter. Ich war wirklich froh, dass ich mich nicht weiter mit Luise über Fragen der Lebensführung unterhalten musste.

Wir begrüßten uns mit Handschlag und die beiden schienen heute gut aufgelegt zu sein. Tobi trug wie so oft einen Energy-Drink mit sich herum. Ich frage mich ob er süchtig nach diesem Zeug ist.[2] Wenn sie statt der Arbeitsklamotten ihre Alltagskleidung trugen, hätte ich sie beinahe als Hipster durchgehen lassen. Esat hatte einen dunklen Vollbart und seine Klamotten hatten hin und wieder ziemlich schrille Farben. Dabei schaute er meistens melancholisch drein und war sehr still. Tobi dagegen hatte relativ lange Haare und lief immer mit einem blonden Dutt durch die Gegend.[3] Beide hatten künstlerische Ambitionen. Bei Esat war das wohl ernst gemeint, während Tobi Rapper auf YouTube werden wollte, und zu diesem Zweck schon den ein oder anderen schlechten Rap verfasst hatte, in dem es vor Nutten und Gangstern nur so wimmelte.[4] Esat malte in seiner Freizeit Bilder, sprühte Graffiti und hatte außerdem Pläne für Aktionskunst, die er bisher nur noch nicht hatte umsetzen können. Er hatte wirklich Talent, nur fehlten ihm die Förderer für seine Projekte. Tobi hoffte auf den schnellen Ruhm im Internet. Da ist er wie meine Schwester. Sie hält sich für eine Influencerin. Carmelinda hat genug Follower, um sich diese

---

2   Antwort des Biografen: Nein, bin ich nicht. Es lässt sich damit nur motivierter Streichen. Klettere du mal den ganzen Tag auf einem Gerüst herum!

3   Meine Frisur nennt sich „Man Bun".

4   Meine Raps sind sozialkritisch. Du hast nur keine Ahnung davon, weil du ein eingebildeter Streber bist.

Illusion nicht nehmen zu lassen, aber zu wenige, um damit wirklich reich und berühmt zu werden.[5]

Ich gebe es auf, Tobi zu beschreiben. Der Fußnoten-Krieg mit meinem ehemaligen Biografen (der jetzt nur noch als mein Lektor fungiert) ermüdet mich.

Sie tauchten an diesem Tag jedenfalls bei mir auf und ich freute mich, die beiden zu sehen. Als ich sie in den Keller führte, den ich mit Delphine für den Zweck der Selbsthilfegruppe hergerichtet hatte, raunte Tobi Esat gerade zu:

„Bin schon gespannt, was das für Leute sind. Philosophen sind ja keine Handwerker, da kann man nie wissen, wer eine Schraube locker oder ein Rad ab hat …"

Esat brummte etwas Zustimmendes.

Sie stellten gern in Frage, worin der Sinn meines Studiums bestand. Schließlich waren die Ergebnisse meiner „Arbeit" nicht immer ersichtlich. Und wenn doch, dann mussten sie auf andere Leute nicht besonders nützlich wirken. Was für Luise das gesellschaftspolitische Engagement war, stellte für die Maler die praktische Tätigkeit dar. Da ich mit beidem nicht aufwarten konnte, blieb mir nur die Tatsache, dass ich intellektuell und kreativ war. Leider stand mir Luise an Intelligenz in nichts nach und die Maler hatten ebenfalls kreative Ideen. So suchte ich noch immer nach einer Antwort auf die Frage, warum man ausgerechnet Philosophie studiert. Die Ansätze dazu waren schon recht komplex und ausgefeilt, aber würden wohl wieder nur Philsophie-Insider überzeugen. Vielleicht war es einfach eine Beschäftigungstherapie auf hohem Niveau.

Oder Delphine würde mir noch eine Antwort geben. Das würde sich zeigen.

---

5   He, die stellt nur Fotos von sich ins Netz und postet ihre Kaffeetasse. Ich bin kreativ tätig. Das kann man doch nicht vergleichen!

Die Professorin und ich hatten den Keller aufgeräumt und verschiedene alte Sitzmöbel wie zum Beispiel ein geblümtes Sofa und Stühle vom Sperrmüll im Kreis um einen Holztisch aufgestellt. In einer Ecke stand Delphines alter Plattenspieler, den sie entstaubt hatte. Außerdem hatte ich eine bunte Lava-Lampe auf Ebay ersteigert und ein kleines Buchregal gezimmert (so ungeschickt bin ich nun auch wieder nicht) in dem jetzt ein paar ausgewählte Klassiker standen.

Die Maler sahen sich etwas argwöhnisch um und setzten sich dann. „Esat ist jetzt auch Philosoph!", behauptete Tobi plötzlich. Ich sah verwundert auf. „Wie das?"

„Zeig ihm den Artikel!", forderte Tobi seinen Kumpel auf.

Esat holte leicht widerwillig eine Zeitungsseite aus seinem Jutebeutel und überreichte sie mir zögernd.

„Er ist ein Genie!", posaunte Tobi. „Der neue Bansky. Mindestens."

Ich las die Überschrift und überflog den Artikel. Nicht zu fassen. An dem Tag, an dem ich die beiden als potentielle Zeugen im Fugu-Fall befragt hatte, hatte Esat mir ja den unheimlichen Sokrates an die Wand gesprayt. Delphine war so begeistert gewesen, dass sie auch noch ein Kunstwerk fürs Wohnzimmer wollte. Das musste ihn wohl irgendwie inspiriert haben, denn nun nannte die Regionalzeitung ihn schon den „Philosophen", führte die „Ist-das-Kunst-oder-Sachbeschädigung"-Debatte und rätselte über seine Identität. Es befanden sich an vielen Orten in Konstanz und Umgebung Graffiti von den Visagen klassischer Philosophen an Mauern und Wänden. Im Bansky-Style. Unser Künstler hatte das noch mit Sponti-Sprüchen ergänzt, die ganz gewiss nicht von den Philosophen stammten.

„Erstaunlich", murmelte ich höflich.

Esat lächelte zufrieden und nickte bescheiden. „Irgendwo muss man als Künstler ja anfangen. Ist mehr so ein Experiment, ziemlich *random*. Aber die Leute reden immerhin darüber …"

Ich sah mir die Bilder in der Zeitung an. Eine Kierkegaard-Karikatur zierte die Wand einer Unterführung, ergänzt durch den überaus geistreichen Spruch „Ich geh kaputt - gehst du mit?" Dann noch Kant an einem Bahnhof mit dem Spruch „Jeder macht, was er will, keiner macht, was er soll, aber alle machen mit".

Der Künstler hatte wohlgemerkt die Universität bisher nur betreten, um dort die Wand zu streichen. Sein ganzes Wissen über Philosophiegeschichte beschränkte sich auf die Bildersuche im Internet. Dass er aus Zufall den Philosophen nicht ganz unpassende Sponti-Sprüche zugeordnet hatte, wurde aber in dem Artikel so interpretiert, als hätte die ganze Aktion einen tieferen philosophischen Sinn, eine versteckte Bedeutung.

Ich arbeitete derzeit an meiner Aphorismen-Sammlung. Vielleicht könnte ich Esat irgendwie dazu bewegen, einen meiner Sprüche für das nächste Graffiti zu verwenden und so wenigstens indirekt an seinem Ruhm teilhaben. Nonsens! Meine Bedeutung für die Weltgeschichte würde schon noch erkannt werden, auch wenn jetzt noch nicht der Zeitpunkt dafür war. Sicher würde Delphines Haus eines Tages zum „Nikodemos-Haselhuhn-Museum" umfunktioniert werden. Ausländische Touristen würden diesen Keller hier bestaunen, in dem ich mich mit der Avantgarde getroffen hatte. Also konnte ich Esat seinen flüchtigen Erfolg als künstlerischer „Philosoph" ruhig gönnen. Jedem das Seine.

Um sie zu informieren, mit wem sie es hier eigentlich zu tun hatten, erzählte ich ihnen die Geschichte über meine Erlebnisse im ersten Semester. Bis die anderen Gäste kommen würden, dauerte es sowieso noch eine Weile. Vielleicht übertrieb ich ein bisschen, aber auf jeden Fall machte es Eindruck. Tobi war begeistert, dass er nun nicht nur einen Künstler, sondern auch einen Detektiv kannte. Er rief mehrmals „Echt?!" und „Voll krass!" Als ich mit der Erzählung meines dramatischen Studienanfangs fertig war, meinte er anerkennend: „Das muss verfilmt werden!"

In diesem Moment klingelte es wieder an der Tür. Ich sprang auf und lief die Treppe hinauf. Es war Elenore. Heute war sie unauffällig gekleidet, enge Jeans und ein weißes T-Shirt. Ihre hellblauen Haare trug sie offen und sie hatte sich die Nägel in einem dunklen Lila lackiert.

„Gehört der Typ da draußen auch zu unserer Gruppe?", fragte sie direkt nach der Begrüßung.

„Welcher Typ?", fragte ich misstrauisch.

Sie deutete mit einer vagen Geste hinaus. „Er steht da in der Einfahrt der Nachbarn und starrt vor sich hin. Eher groß, eher schlaksig, eher blass und mit langen Dreadlocks. Vielleicht ein Hippie?"

Die Dreadlocks waren mir neu, aber es wunderte mich nicht. Gut möglich, dass es seine neue Verkleidung war.

„Warte", sagte ich zu Elenore und verließ das Haus.

Karl Sandemar hatte sich von der Einfahrt der Nachbarn inzwischen in den Garten der Nachbarn begeben und starrte in der Tat vor sich hin. Seine neue Frisur hätte beinahe einen Lachflash bei mir ausgelöst, aber ich konnte mich gerade noch beherrschen.

Als ich näher kam, warf er mir einen verächtlichen Seitenblick zu und widmete sich dann wieder seiner Betrachtung des Nichts.

„Willst du nicht hereinkommen?", fragte ich das Phantom mürrisch.

„Ist es nicht erstaunlich, dass ich visuelle Sinneseindrücke hunderter verschiedener Farben habe, die ich dann aber nur in ein halbes Dutzend Farbkategorien einordnen kann? Ich versuche gerade die Farben der Blumen in diesem Garten ohne Kategorisierung zu erfahren!", erklärte er sein Starren.

„Muss das jetzt sein? Und wieso ausgerechnet im Garten der Nachbarn?", erwiderte ich genervt.

„Sei kein Philister, Nikodemos!", tadelte er mich. „Dass ich im Garten der Nachbarn herumstehe, ist ein Witz über Sokrates in Platons Symposion. Der bleibt auch im Vorhof der Nachbarn stehen und will nicht hereinkommen. Und plötzlich taucht er dann ganz überraschend beim Gastmahl auf, als schon niemand mehr mit ihm gerechnet hat."

Nachdem er diese Erklärung abgegeben hatte, ließ ich ihn einfach dort stehen und ging ins Haus zurück, damit er „überraschend auftauchen" konnte. So ein Kauz!

7

Bei den anonymen Philosophen

Delphine wollte anlässlich unserer ersten Gruppensitzung für Snacks und Getränke sorgen und war deshalb noch in der Küche beschäftigt. Ich hatte mich erkundigt, ob ich ihr helfen könnte, doch sie meinte nur, ich solle mich besser um die Gäste kümmern.

So saßen wir also im Keller, betrachteten das schummrige Farbenspiel der Lavalampe und warteten.

„Was ist das denn für eine Gruppe?", fragte Tobi als es ihm zu langweilig wurde.

Ich wollte gerade zu einer Erklärung ansetzen, als ich hörte, wie jemand eilig die Treppe herunterpolterte und rief:

„Ein Existenzialisten-Keller! Wieso hat mir das niemand gesagt? Dann hätte ich selbstverständlich meinen schwarzen Rollkragenpullover angezogen."

Eine Sekunde später trat das Phantom ein und ließ sich auf einen Stuhl fallen. Mit grimmiger Miene folgte ihm Luise.

„Bist wohl doch nicht so überarbeitet?", fragte ich an die Weltretterin gewandt. Sie schnaubte und ließ sich in einem Sitzsack nahe der Tür nieder. „Der stand plötzlich im Wohnzimmer und hat sich an Delphines Büchern zu schaffen gemacht. Ich dachte, er sei ein Einbrecher und wollte schon Shakti anrufen. Dann stellte sich heraus, dass er ... einer von eurer Sorte ist."

Das Phantom grinste gehässig. „Ich muss mich schon an meine Rolle als Räuber gewöhnt haben. Tja, der gute alte Schiller ... dabei hatte ich nicht vor, etwas zu stehlen. Ich war nur der Ansicht, die Professorin sollte ihre Bücher nach einem anderen System ordnen und habe mich sofort an die Arbeit gemacht.“

„Und was machen Existentialisten?“, fragte Tobi an Karl Sandemar gewandt.

Der sah ihn ob dieser Frage einen Moment verständnislos an, begann dann aber zu erklären:

„Sie stellen sich angesichts der menschlichen Existenz entscheidende Fragen zu Grenzsituationen - Leben, Tod und dem Sinn des Ganzen. Wenn sie meinen, dass sie keine Antwort darauf finden können, erscheint ihnen alles absurd und sie rebellieren gegen die Absurdität. Oder sie fühlen sich absolut frei und beschließen konsequent von ihrer radikalen Freiheit Gebrauch zu machen. Oder sie denken, es ist eh alles schon verloren und höchstens der Übermensch wird nach ihnen alles regeln. Oder sie sind gar keine Atheisten und denken auch nicht, dass Gott tot ist, dann empfiehlt sich ein kompromissloser Sprung in den Glauben. Oder sie schreiben Bücher in denen es nur so vom Sein und dem Seienden und dem Nichts wimmelt, weshalb kaum jemand versteht, worauf sie hinauswollen. Der Lifestyle kann verschieden sein und variiert von Pariser Café bis einsame Waldhütte, von lebenslustig bis depressiv, politisch aktiv oder auch nicht. Aber es geht ihnen halt darum, mit der menschlichen Situation umzugehen. Ich sehe schon, im Keller sitzen, Kaffee trinken, rauchen und diskutieren ist da ein Anfang. Jetzt brauchen wir nur noch Jazzmusik …“, mit diesen Worten stand Karl Sandemar auf und wühlte in der Kiste mit den Platten.

Gerade als er triumphierend: „Oder Juliette Gréco!“ rief und eine Platte mit Chansons auflegen wollte, gab ich meinen Unmut über die Existenzialisten kund.

„Nur weil wir gerade im Keller sitzen, müssen wir doch nicht Existenzialisten werden! Heute ist so schönes Wetter! Wir sollten in den Garten gehen."

Das Phantom legte ungerührt die Platte auf und „La Rue de Blancs-Manteaux" erklang. Er meinte: „Im Keller wird man sich viel besser der Absurdität der Existenz bewusst, als im Garten."

„Deshalb", widersprach ich, „haben sich die Anhänger Epikurs im Garten getroffen. Ein glückliches Leben ist mir lieber, als ein absurdes. Ich bin dafür, dass wir Epikureer werden. Oder wenn dir das zu optimistisch ist, können wir von mir aus auch Stoiker werden oder wenn es denn sein muss auch Pythagoreer oder Zyniker. Allerdings wäre mir das Streben nach Glück und Lebensfreude schon lieber als absolute Gemütsruhe in Kombination mit einer Diät, die nur eine Olive pro Tag als Mahlzeit vorsieht - nein, Stoiker sind mir doch suspekt. Und was die Pythagoreer betrifft, ich muss jetzt nicht gerade einen mathematischen Geheimbund nachahmen. Und in einem Fass will ich auch nicht leben, lassen wir das mit den Zynikern besser bleiben – lasst uns in den Garten gehen und Epikureer werden!"

Elenore, die neben mir auf dem Sofa saß, stieß mich leicht mit dem Ellenbogen an. „Wieso denn unbedingt antike Philosophie?", fragte sie zweifelnd. „Wir sollten besser einen literarischen Salon wie im achtzehnten Jahrhundert gründen, wo sich die Genies aus Philosophie und Literatur getroffen haben. Es muss aber nicht direkt ein Salon sein, mir schwebt da eher so etwas wie in der Epoche von Sturm und Drang vor, davon habe ich mal eine Beschreibung in der Biografie über Goethes Schwester gelesen. Die waren alle empfindsame Schwärmer, bewegt von den großen Themen wie Liebe, Schönheit und Tod, haben sich klangvolle Phantasienamen aus der Mythologie zugelegt und gefühlvolle Gedichte geschrieben. Stellt euch vor, eine von denen hatte sogar ein Lämmchen als Haustier und führte es an einer rosa Leine spazieren!"

Während Elenore dieses Szenario beschrieb, war Delphine eingetreten. Sie hatte Wein und Häppchen für uns dabei, stellte die Verpflegung aber zunächst einmal auf den Tisch und setzte sich leise auf den freien Stuhl, um unserer Diskussion zu lauschen.

Hilfe, was hatte Elenore mit uns vor? Ich war froh, als Luise ihr widersprach.

„Wenn ihr euch schon nicht einigen könnt, dann macht doch wenigstens eine Gruppe für politische Philosophie auf. Das nützt mehr als rosa Schäfchen und Schwärmerei! Hört endlich auf, die Welt zu interpretieren und fangt an sie zu verändern! Da schließe ich mich doch dem alten Marx an."

„Ich bin aber für uneingeschränkten Kapitalismus. Ayn Rand war eine tolle Frau, einfach wunderbar wie sie die Moral auf rationales Selbstinteresse gegründet hat. Der rationale Egoist gewinnt und alle anderen haben Pech gehabt!", behauptete der Quotenschurke, um uns zu provozieren.

Luise sah aus, als hätte sie gerne eine Prügelei mit ihm angefangen, wäre sie keine Pazifistin gewesen.

„Menschen sind soziale Wesen", eiferte sie sich. „Wir sind aufeinander angewiesen und müssen uns um unsere Mitmenschen kümmern, indem jedes Individuum mit den jeweiligen individuellen Fähigkeiten einen Beitrag zur Gesellschaft macht. Von Egoismus hat letztlich niemand was, denn die Umwelt wird sich rächen …"

„Seht ihr, deshalb habe ich etwas Unpolitisches vorgeschlagen", schmollte Elenore.

„Wieso werden wir nicht Dadaisten?", warf Esat in den Raum.

Das Phantom schnaubte genervt. „Weil es die schon gab? Es gab sogar schon Post- und Neo-Dada. Wir wären viel zu spät! Wir können nicht einfach so tun, als wären wir Vertreter einer verrückten Kunstströmung von vor hundert Jahren. Ich sage euch, wir sitzen im Keller, also sind wir Existenzialisten!"

„Muss jetzt jeder was sagen?", fragte Tobi der einen gierigen Blick auf die Weinflaschen und die Häppchen warf.

„Es gab doch mal diese amerikanischen Schriftsteller, die ständig versaute Ausdrücke verwendet haben. Die hatten einen krassen Lifestyle, haben gegen die Gesellschaft rebelliert, diese …", überlegte der Maler.

„Beatniks?", fragte Delphine amüsiert.

Tobi nickte. „Glaub schon."

„Dann können wir doch auch gleich Existenzialisten werden!", beschwerte sich das Phantom erneut.

Delphine machte sich daran, den Wein einzuschenken und erkundigte sich: „Wie sind Sie überhaupt auf diese Frage gekommen?"

Ich stöhnte genervt. „Karl dachte, das hier ist ein Existenzialisten-Keller. Ich habe dann gemeint, wir könnten auch in den Garten gehen und einen antiken Philosophenzirkel bilden. Dann kam Elenore mit einer anderen Idee und so ging es weiter …"

Delphine verteilte die Gläser. „Ach, das erinnert mich an meine Jugend. Ich habe damals in Paris so ziemlich alles erlebt. Ein paar späte Existenzialisten, dann die Politischen von der Studentenrevolte und schließlich auch einen Anarchisten-Club und ein paar Feministinnen. Waren wilde Zeiten damals! Und ich habe viel für das Leben gelernt … aber wissen Sie, Ihnen fehlt es noch an vertiefter Bildung, um konsequente Aussteiger zu werden. Und sehen Sie mich an, bis auf das jährliche Treffen mit meinem Freundeskreis aus Studienzeiten führe ich eine sehr spießbürgerliche Existenz und widme mich nur noch geistigen Abenteuern, die auf Logik gründen. Verstehen Sie mich nicht falsch, ich will keine angepassten Langweiler aus Ihnen machen. Aber es wird Zeit, dass sie zwischen Träumerei und dem Leben da draußen unterscheiden lernen. Dass Sie sich nicht mehr für Detektive, sondern für Wissenschaftler halten. Dass Sie sich nicht nur für Wissenschaftlerinnen *halten*, sondern tatsächlich auch das wissenschaftliche Arbeiten beherrschen. Methodik, Zitierweisen … das volle Programm. Hören Sie auf, Hirngespinsten nachzujagen. Das werden Sie hier lernen. Deshalb verbitte ich mir sowohl Literatur als auch Kontinentalphilosophie. Wir gehen analytisch vor. Wenn Sie unbedingt ein historisches Vorbild wollen, nehmen sie den Wiener Kreis als Beispiel. Durch Logik zur Vernunft!"

Unsere Laune sank zum Gefrierpunkt. Sie wollte Wissenschaftstheorie mit uns betreiben. Vielleicht sollten wir eine Lösung für die Protokollsatzdebatte finden oder gar eine Einheitswissenschaft begründen. Das klang schrecklich theoretisch. Nicht nach Jugendkultur, Leidenschaft und Rebellion. Nicht nach Glück, Lust und Lebensweisheit. Nicht nach spannenden Grenzerfahrungen und neuen Kunstwerken. Es klang nach zähen Definitionen und jeder Menge Kopfzerbrechen über lebensferne Probleme in den Sphären von Mathematik und Grammatik.

„Womit verdienen wir diese Ehre?", fragte ich vorsichtig und nagte nervös auf ein paar Erdnüssen herum.

Delphine Manet sah mich über den Rand ihrer Brille hinweg streng an. „Weil Sie es verdienen. Sie alle sind begabt, das habe ich erkannt. Und Sie alle sind dabei, ihre jungen Jahre mit seltsamen Vorstellungen zu verschwenden! Geben Sie endlich ihre Fehlschlüsse auf, die zu solch verzerrten Selbstbildern geführt haben. Die Wissenschaft, ja die Welt, braucht Menschen mit Ihrer Intelligenz, um sich kritisch mit dem aktuellen Geschehen auseinanderzusetzen und neue Ideen zu entwickeln. Sie gehen nicht verantwortungsvoll mit ihrer Freiheit um, also werde ich nachhelfen. Sie haben die Wahl, durch ihr schräges Weltbild demnächst in eine psychische Krise zu geraten oder einen sinnvollen Beitrag als Philosophierende zu machen."

„Für mich ist es dann aber höchstens eine Fortbildung!", mischte sich Luise ein.

Ihre Tante machte eine beschwichtigende Geste. „Keine Sorge. Ich spreche vor allem drei spezielle Charaktere an, die sich in diesem Raum aufhalten. Deshalb habe ich auch keine weiteren Studierenden der Philosophie eingeladen. Sven zum Beispiel ist ein mittelmäßiger Student, der jedoch seine Abgaben zuverlässig erledigt. Nein, es geht um eine andere Sorte Menschen, die diese Art von Hilfe dringend nötig haben. Sie lassen sich sonst hängen und so geht ihr Talent verloren. Das wird durch diese Gruppe verhindert."

Hauptzielgruppe dieses irren Plans waren also Elenore, das Phantom und ich. Zugegeben, das Phantom war seit dem Plagiat exmatrikuliert, Elenore hatte aus unbekannten Gründen das Studium für ein Semester unterbrochen und ich war auf der Suche nach einem neuen Nebenfach. Da war der Rat der Professorin sicher gut gemeint. Aber wir waren erwachsene Menschen, die sich selbst um ihr Leben kümmern mussten! Es ging ihr also nur darum, uns im Namen der Wissenschaftstheorie auszubeuten. Was für eine Listigkeit sich doch hinter ihrer Fürsorge versteckte. Vielleicht kam sie bei einer wissenschaftlichen Arbeit nicht weiter und wollte frische Ideen aus uns herauspressen. Aber wenn ich die nervöse, manchmal halluzinierende Elenore und das Phantom mit seinen verschiedenen Identitäten so ansah, musste ich schon zugeben, dass sie vielleicht Hilfe brauchten. Aber ich? War ich nicht ein rationaler Detektiv?

„Wir machen jetzt eine Vorstellungsrunde mit Selbsteinschätzung", kündigte Delphine an. „Wir sagen wer wir sind und warum wir hier sind. Wie Sie wissen, ist mein Name Delphine Manet und ich bin Professorin für theoretische Philosophie mit Schwerpunkt Logik und Wissenschaftstheorie in Konstanz. Mein Ziel ist es, perspektivlosen jungen Leuten den Weg in den Wissenschaftsbetrieb zu ermöglichen."

Sie reichte mir ein Buch von Wittgenstein. „Soll ich vorlesen?", fragte ich verdutzt.

Sie lachte. „Nein, ich hatte nur keinen Redeball zum Weitergeben."

„Ihr kennt mich", begann ich. „Ich studiere Philosophie und bin hier, weil ich Detektiv werden wollte, dabei die üblichen Anfängerfehler begangen habe und meine Dozentin sich jetzt Sorgen macht, ihr Kollege, der mich überhaupt erst auf diese Idee gebracht hat, könnte mich mit seinen Vorschlägen traumatisiert haben. Also soll ich jetzt wohl ein vernünftiger Mensch werden und mich für Logik begeistern."

Ich gab das Buch missmutig an Elenore weiter. Die drehte es hin und her, als sie sprach. „Hi, ich bin Elenore und ich studiere auch Philo, außerdem noch Sozio. Deshalb ist so ein Gruppenexperiment hier ja ganz interessant für mich. Naja und ich habe ein paar persönliche Probleme, also ist es vielleicht gut, wenn das hier ein bisschen Struktur in mein Leben bringt. Und ich hoffe übrigens, dass es mir helfen wird, das Leben nicht mehr für ein Buch oder eine Serie zu halten … das passiert mir manchmal. Aber ich will nicht enden wie Madame Bovary oder Don Quixote. Vielleicht macht mich das alles ein bisschen rationaler."

Sie reichte das Buch schnell an das Phantom weiter. Der blickte nachdenklich auf das Cover und erklärte dann: „Ich bin Karl und ein Idealist. Deshalb habe ich mich einer Räuberbande angeschlossen, um in Freiheit zu leben. Mein Bruder Franz ist ein schnöder Kapitalist und versteht das gar nicht …"

„Vorher warst du doch noch für uneingeschränkten Kapitalismus!", fuhr Luise dazwischen.

„Wir lassen einander ausreden!", belehrte Delphine sie.

Karl Sandemar lehnte sich lässig in seinem Stuhl zurück. „Habe meine Meinung darüber gerade geändert", behauptete er.

Delphine hob die Hand und fing nach kurzer Stille an zu sprechen.

„Das ist ein ehemaliger Student von mir. Er war der Beste seines Jahrgangs. Leider immer schon so vorlaut wie jetzt. Er hat eine Weile als Tutor gearbeitet … und ich musste ihn im Fachbereichskolloquium ertragen. Hochmut kommt vor dem Fall. So hat ihm ein Plagiat den Studienplatz gekostet und er musste ohne akademischen Grad die Uni verlassen."

Sandemar wirkte kurz wie aus dem Konzept gebracht. „Sie wissen, wer ich bin?"

„Natürlich."

„Und ich soll hier teilnehmen, obwohl Sie damals das Plagiat entdeckt haben?"

„Exakt."

Er nickte langsam und schwieg betroffen. Ich wunderte mich über Delphine. War er denn so unentbehrlich, dass sie ihm trotz allem eine zweite Chance gab?

„Inzwischen arbeitet er als Phantom und Fremdenführer", platzte ich heraus. Die Gelegenheit wollte ich mir nicht nehmen lassen. Er warf mir einen verdrossenen Blick zu.

Die Maler lachten. Das Buch ging an Luise.

„Ich bin Luise Manet und wohne hier bei meiner Tante. Ich studiere Klimawissenschaften und habe nicht viel mit Philosophie am Hut, aber einiges von meiner Tante darüber gehört. Sagen wir, ich diene als Beispiel für einen tatkräftigen Menschen und erhöhe nebenbei den Frauenanteil in dieser Gruppe", erklärte meine Mitbewohnerin selbstbewusst.

Dann gab sie Esat das Buch. „Ich bin Esat und arbeite als gelernter Maler und Lackierer. Aber man nennt mich auch ´Philosoph´. Da wollte ich schauen, was hier so abgeht", erzählte er und zeigte den Zeitungsartikel herum. „Das ist aber geheim, okay?", warnte er uns.

Tobi war als letzter dran. „Mein Name ist Tobi, ich bin auch Maler und nebenbei noch Rapper und YouTuber. Nikodemos kennen wir von seinen Ermittlungen. Ich bin kein Philosoph."

Das Phantom war empört. „Wusste nicht, dass die armen Massen hier mitmachen dürfen. Ich dachte das ist nur was für die Elite", motzte er.

„Vielleicht liegt es ja nur am gesellschaftlichen System, dass sie noch nicht alle ihre Fähigkeiten voll ausschöpfen konnten", ergriff Luise überraschenderweise Partei für die Maler.

„Na gut, dann geht der da wohl noch als Philosoph durch", sagte das Phantom und deutete auf Esat. „Aber was ist mit diesem Tobi?"

Tobi richtete sich würdevoll auf und meinte. „Ich bin der Biograf des Nikodemos Haselhuhn. Noch Fragen?"

Von diesem Tage an hatte ich einen persönlichen Biografen.

8

Philosophie am Bodensee

Die Tage nach unserer ersten Gruppensitzung verliefen ohne besondere Ereignisse. Vielleicht beschäftigte mich der Gedanke an die Suche nach dem neuen Nebenfach, vielleicht fragte ich mich, wo zum Diogenes ich eines Tages mein Praktikum machen würde, vielleicht dachte ich auch übermäßig an Elenore.

Fakt ist, dass mein Leben erst am folgenden Freitag weiterging, als ich das Phantom tatsächlich zu dem Bücherflohmarkt in Konstanz begleitete. Auf dem Münsterplatz wurde an diesem Tag nicht nur aussortierte Trivialliteratur, sondern auch antiquarische Seltenheiten feilgeboten. Außerdem gab es womöglich ein paar Reclam-Hefte und andere Ausgaben von Klassikern, die man in einem Philosophiestudium unbedingt kennen muss. Menschen wie wir konnten uns also die Chance, unser letztes Geld bei Hamsterkäufen auf dem Büchermarkt zu verprassen, auf keinen Fall entgehen lassen.

Wieso nicht Elenore die Begleitung meiner Wahl war? Nun, das Phantom hatte mir bei unserem Gespräch in der Mensa schließlich den Flyer gegeben. Außerdem erinnerte ich mich noch zu lebhaft an Elenores Seehasen-Halluzination. Vielleicht musste wieder etwas Zeit vergehen, in der ich mir einreden konnte, sie wäre ja eigentlich doch ganz normal. Und immerhin sahen wir uns ja durch Delphines Gruppe einmal die Woche, sie war also nicht aus der Welt. Aber ich wollte sie erst mal wieder ein bisschen auf Abstand halten, dass sie sich nicht zu sehr an mich hängte.

Zudem hatte ich vor, das Kriegsbeil mit dem schrägen Phantom endlich zu begraben. Gelassenheit und Vergebung obsiegen letztlich immer. Vermutlich handelt es sich bei diesen Tugenden um den Inbegriff der Weisheit. Das typische Klischeebild eines weisen Eremiten enthält jedenfalls weder hektisches Getue noch Rechthaberei. Die Erhabenheit des Weisen zeigt sich in seiner Friedfertigkeit allen Wesen gegenüber. Und auch ein Phantom ist ein Wesen - von dem man lernen kann. Er wollte mit seinen extremen Thesen provozieren, aber tatsächlich ist der Provokateur an sich wirkungslos, entscheidend ist die Reaktion des Provozierten. Jeder ist selbst dafür verantwortlich, was er versteht. Aus diesem Grund besuchte ich freiwillig und gut gelaunt mit dem Phantom den Bücherflohmarkt.

Heute hatte Karl Sandemar seine falschen Rastalocken wieder abgelegt und sah ziemlich unauffällig aus. Er trug stattdessen eine Brille, um das intellektuelle Leser-Image zu unterstreichen.

Auch sein Verhalten war überraschend ausgeglichen. Er schwatzte mir lediglich sein Lieblingsbuch auf: „Der Meister und Margarita" von Michail Bulgakow. Er meinte, ich als Dostojewski-Fan müsste an dieser grotesken Satire bestimmt Gefallen finden. Anscheinend ging es um atheistische Literaten im Moskau der 1930er Jahre, die dem Teufel begegnen, welcher von einem Wodka-trinkenden, sprechenden Kater begleitet wird.

Ich empfahl ihm dann „Das Heim und die Welt" von Rabindranath Tagore, weil unsere Streitgespräche mich entfernt an eine harmlosere Version der weltanschaulichen Auseinandersetzungen zwischen dem radikalen Revolutionär Sandip und dem überlegten und moralischen Nikhil erinnerte. Er ließ es aber an dem Stand liegen, weil er meinte, dass er gerade keine Zeit zum Lesen hätte. Das war vielleicht auch besser so. Wer weiß, auf welche Ideen ihn die Lektüre noch gebracht hätte …

Als wir jedoch an einem Stand mit antiquarischen Büchern standen, geriet das Phantom plötzlich ganz außer sich. Der

Stand wurde von einem mürrischen Mann mit weißen Haaren bewacht, der so alt war, dass er bestimmt noch die Zeiten miterlebt hatte, in der diese Werke verfasst worden waren. „Vorsicht!", mahnte er grimmig, als Karl förmlich ein Buch an sich riss und dabei beinahe zwei einen dicken Folianten vom Tisch gefegt hätte.

Es folgte eine heftige Feilscherei und ich war erstaunt, welche Summe Karl Sandemar letztlich noch hinblätterte, nachdem die Masche mit dem geheuchelten Desinteresse bei dem gewieften Buchverkäufer nicht funktioniert hatte. Dabei hatte er sich bei der Verhandlung gar nicht schlecht geschlagen, wenn man bedachte, was für einen unverschämten Preis der Antiquar (ich vermutete dass es wirklich einer war) anfangs von ihm für dieses schmale Bändchen verlangt hatte.

„Wozu die Aufregung?", fragte ich, als wir uns einen Kaffee gekauft hatten und uns an einen Tisch neben dem Kuchenstand setzten.

„Walter Menzl", sagte das Phantom nur und betrachtete verzückt das Buch.

„Und weiter?", fragte ich ungeduldig und nahm den ersten Schluck von meinem Kaffee.

„Der Menzl war schon ein krasser Dude. Gegen den sind Heidesand und ich die reinsten Philister."

„Auch ein Philosoph, nehme ich an?"

„Ja, er hatte nur nicht so die klassische Laufbahn. Kam aus einer Arbeiterfamilie und hat sich oft in Südamerika aufgehalten. In Berlin hat er sich dann seine philosophischen Kenntnisse angeeignet. Sein Hauptwerk heißt ´Die Totalschau des Universums´ und es geht da eben auch um solche Dinge wie die Wahrnehmung des Lebens als raumzeitliche Gesamtheit, die alle Lebewesen umfasst und durch die Erkenntnis dieser Verbindung eine umfassende Empathie auslöst.""

„Hat er das aus Schopenhauers Mitleidsethik?""

„Wer weiß. Jedenfalls wollte er diese Philosophie nutzen, damit zukünftige Politiker erkennen, dass Mitgefühl mit anderen auch in ihrem Eigeninteresse liegt. Leider war er nicht so ganz wissenschaftlich anerkannt.""

„Und dann?""

„Plante er irre PR-Aktionen für seine Philosophie. Zuerst wollte er den Bodensee blutrot färben, aber weil das zu kompliziert war …""

„Der war hier?""

„Klar! Er wollte in Überlingen, das ist so eine kleine Stadt am See, eine Eliteakademie namens Suprema gründen. Da hätte er dann seine Studenten ausgebildet, damit sie durch ihre philosophischen Spezialkenntnisse eines Tages fähige Politiker werden. Einmal hat er sogar im Überlinger Museumsaal einen Vortrag darüber gehalten. Wir befinden uns zeitlich gerade in den fünfziger Jahren.""

„Und woher kennst du den?""

„Heidesand. Er wollte Menzls Theorien ein neues Update verpassen. Das Museum in Überlingen ist übrigens echt cool. So ein düsteres Haus mit viel altem Kram drin …""

„Ich weiß, was ein Museum ist.""

„Ja, aber das in Überlingen ist so ein Museum, wo man immer friert, die Dielen knarzen und nicht immer andere Besucher herumlaufen. Es ist in einem Patrizierhaus und da hat man immer den Eindruck, das es vielleicht spukt.""

„Wie das Rosgartenmuseum hier in Konstanz?""

„In etwa. Nur viel gruseliger."

„Also hat dieser irre Philosoph einen Vortrag im Überlinger Museum gehalten. Weiter."

Karl Sandemar trank genüsslich einen Schluck Kaffee, bevor er mit der Geschichte fortfuhr. „Um bekannter zu werden, wollte er einen spektakulären Gerichtsprozess provozieren. Ich weiß ja nicht, für wen er sich hielt – Sokrates oder was? Jedenfalls ging er nach München in die Pinakothek. Er hatte Buttersäure in seinem Mantel versteckt und beging dann ein Attentat auf das Gemälde `Höllensturz der Verdammten´. Ein Rubens übrigens. Tja, dann hat er eben das Bild zerstört und kam ins Gefängnis. Heute erinnert sich nur noch Heidesand an Menzls bedeutendes philosophisches Erbe. Wenn es die Verschwörung der Philosophenelite wirklich geben sollte, Menzl wäre sicher einer von den Verschwörern gewesen!"

Beeindruckt betrachtete ich das dünne Buch mit dem Titel „Die Welt von morgen: Aufgang einer glücklicheren Zeit".

War es das Werk eines Spinners? Eines verkannten Genies?

Aber wer Kunstwerke zerstörte, um auf ein philosophisches System aufmerksam zu machen, hatte wohl wirklich nicht mehr alle mentalen Tassen im mentalen Schrank.

Und dass Heidesands Forschung sich auf Menzl bezog, sprach auch nicht gerade für diesen seltsamen Philosophen aus Überlingen. Mir ging so langsam ein Licht auf, wie Heidesand auf die Idee mit der Detektiv-Elite gekommen sein könnte, die er an mir ausprobieren wollte. Er hatte einfach die Politiker durch Detektive ersetzt und ich war in seine Machenschaften geraten.

In diesem Moment entdeckten wir Elenore an einem Stand mit Büchern, deren Erlös an eine Wohltätigkeitsorganisation ging. Das Phantom grinste vielsagend, als ich aufsprang, um zu ihr zu eilen.

„Pass auf den Kaffee und die Bücher auf!", befahl ich und weg war ich.

Es war die eine Sache, dass ich sie nicht hatte fragen wollen, ob sie mitkommen würde. Es war eine völlig andere Sache, wenn das Schicksal sie in meine Nähe zerrte. Und was hätte das Phantom denken müssen, wenn ich sie jetzt einfach ignoriert hätte? Das ging nun wirklich nicht.

„Auch hier?!", jubelte ich, als ich sie erreicht hatte. „Hey Nick!", rief sie strahlend und umarmte mich zur Begrüßung.

„Das Phantom ist übrigens auch hier", meinte ich und deutete zu den Bänken und Tischen neben dem Kaffeestand.

Sie lachte. „Irgendwie komme ich immer noch nicht drauf klar, dass er Gregor ist. Also gut, es hat Gregor nie gegeben, das war ja auch nur so ein Pseudonym, aber wir dachten ja damals sogar, er sei tot! Das ist so merkwürdig. Weiß immer noch nicht, was ich von ihm halten soll. Ich glaube, er ist eigentlich ganz in Ordnung ..."

„Niemand stirbt wirklich", zitierte ich einen Buchtitel von Menzl. Ich hatte nach der haarsträubenden Erzählung des Phantoms den Wikipedia-Eintrag aufgerufen.

„Was ist das? Ein James-Bond-Film?", kicherte Elenore.

„Nein, das Motto vom Universitätsphantom", meinte ich.

Dann gingen wir zu Karl Sandemar. Als wir hörten, dass Elenore eine Ausgabe von Montaignes „Essais" erstanden hatte, freute ich mich, dass sie diesen Philosophen ebenfalls zu schätzen wusste und Sandemar erzählte, dass Michel de Montaigne auch einmal am Bodensee gewesen war. Er hatte auf seiner Reise sogar in Konstanz und Lindau übernachtet und gegessen.

„Montaigne war in Konstanz?!", rief ich ehrfürchtig. „Wieso weiß ich das alles nicht?"

„Weil du als Student denkst, du hättest Touristentouren nicht nötig. Du hast ja noch nie erlebt, wie ich professionell den Entertainer gebe. Ich biete Tagestouren um den Bodensee an. Konstanz-Meersburg-Überlingen, hier wimmelt es nur von Philosophen. Ich habe diese Marktlücke erkannt. Leider übersteigt das Angebot bisher noch die Nachfrage, die Leute interessieren sich leider viel zu sehr für die Klassiker wie Droste-Hülshoff, Zeppelin, das Konstanzer Konzil. Aber das liegt nur daran, dass man hier keine Philosophen erwartet. Bis auf Heidegger in Meßkirch vielleicht oder Carl Gustav Jung auf der Schweizer Seite. Wir sollten das Image der Region ändern, dann wäre ich restlos ausgebucht!"

Und dann erzählte er uns erstaunliche Dinge. Nicht nur Menzl in Überlingen und Montaigne auf der Durchreise waren hier gewesen, sondern auch der Sprachphilosoph Fritz Mauthner in Meersburg, der in seiner Sprachkritik Wissenschaftstheorie und Psychologie verband. Außerdem hatte er parodistische Texte wie „Die Philosophie des unbewußten Hühnerauges" geschrieben. Auch seine Frau Hedwig (bekannter unter dem Namen Harriet Straub) war Philosophin gewesen, außerdem noch Ärztin. Sie hatte sich für die Frauenemanzipation eingesetzt und Zivilisationskritik betrieben. Das Grab des philosophischen Ehepaars befand sich auf dem Friedhof in Meersburg. Und wenn man schon einmal dort war, gab es wenige Schritte weiter auch das Grab von Franz Anton Mesmer zu bestaunen, den Begründer des Mesmerismus. Seine Theorie des „Animalischen Magnetismus" klang etwas esoterisch, hatte den Arzt, der in Konstanz die Schule besucht hatte, jedoch im 18. Jahrhundert zu einem gefragten Alternativmediziner in Adelskreisen aufsteigen lassen. Seine Lehre weckte auch das Interesse von Philosophen wie Schopenhauer, Fichte und Schlegel und floss in die Literatur der Romantik ein.

Bei der Erwähnung Mesmers schrak Elenore plötzlich zusammen und sah einen Moment ziemlich aufgewühlt aus.

Das Phantom sah sie in diesem Moment einen Tick zu aufmerksam an. Dieser Blick verärgerte mich zutiefst, auch wenn ich nicht wirklich sagen kann, was mich so störte.

„Auch schon mal von Mesmer gehört?", fragte er sie in einem seltsamen Ton. Elenore war blass geworden und starrte auf die Tischplatte. „Ich … ja, kann sein. Vielleicht habe ich mal einen Film über ihn gesehen …"

„Ja. Ein Film. Das wird es sein", sagte er langsam und beobachtete sie noch immer aufmerksam?

Was ging plötzlich bei denen ab? Sein Blick streifte mich, er trank schnell den Kaffee aus, sah auf sein Handy und meinte auf einmal: „So, ich muss los. Gibt noch einiges zu recherchieren. Wir sehen uns morgen in der Gruppe."

Mit diesen Worten ließ Karl Sandemar uns allein.

„Alles okay?", fragte ich Elenore, weil sie so verzagt wirkte. Hatte sie schon wieder etwas „gesehen"?

„Ja, alles gut", behauptete sie und erhob sich. Ihr Tonfall klang nicht besonders überzeugend. „Hast du noch einen Moment?", fragte sie dann und sah mir in die Augen.

Ich lächelte sie an. „Alle Zeit der Welt."

Sie wirkte erleichtert. „Gut. Lass uns noch ein bisschen durch die Stadt laufen. Mir ist gerade nach etwas Bewegung."

9

Die Geschichte vom Sekten-Guru

Ich weiß nicht mehr genau, wann ich begonnen habe, das Leben absurd zu finden. Laut Camus kann einen das Absurde ja an jeder Straßenecke plötzlich anspringen. *Spätestens* nach diesem Bücherflohmarkt wurde ich mir jedenfalls der Absurdität der menschlichen Existenz wirklich bewusst. Es folgte nämlich eine gewisse Situation, die meine diesbezügliche Einsicht begünstigte ...

Elenore schleppte mich durch die ganze Stadt, um mir die Tarot-Skulpturen an der Grenze zur Schweiz zu zeigen. Auf unserem Spaziergang machte sie einige Andeutungen, dass es vielleicht doch keine gute Idee sein könnte, dem Phantom zu vertrauen. Sie begründete ihre Ansicht aber nicht näher. Ich fragte sie, ob sie tatsächlich an Tarot glaube. Daraufhin entgegnete sie genervt, dass Tarot weit mehr als irgendwelche Wahrsage-Karten seien, die etwas über die vermeintliche Zukunft prophezeien würden. In die Symbolik dieser Spielkarten sei jahrhunderte- oder gar jahrtausendealtes Wissen eingeflossen. Gerade die vertretenen Archetypen sowie die zugehörige Systematik könnten uns Freunden der Weisheit durchaus dabei helfen, das Leben aus einem anderen Blickwinkel zu betrachten. Das klang dann doch ganz spannend. Vielleicht würde ich mich demnächst wirklich einmal mit der Symbolik des Tarots befassen.

Die roten Edelstahlskulpturen der Kunstgrenze waren mir jedoch eindeutig zu abstrakt. Es handelte sich um seltsame Gebilde, die da vom Boden oder aus dem Wasser in die Luft ragten und bei denen ich im Leben nie darauf gekommen wäre, dass sie ausgerechnet etwas mit Tarot zu tun haben sollten. Abstrakte Kunst eben. Auf dem Weg hierher hatten wir übrigens ein neues Graffiti von unserem Künstler Esat entdeckt, diesmal hatte er Schopenhauer auf eine Mauer gesprüht. Mit dem vielsagenden Sponti-Spruch *Alle denken immer nur an sich, nur ich denk an mich.* So langsam fragte ich mich, ob er nicht doch mehr über die Philosophen wusste, als ich ihm zutraute. Schopenhauer hatte sich schließlich ausführlich zum Thema Egoismus geäußert.

Als wir unser Ziel erreicht hatten und von den abstrakten Kunstwerken umzingelt waren, setzten wir uns auf eine freie Bank, freuten uns an dem schönen Wetter und unserer unverhofften Begegnung. Elenores Gesicht entspannte sich und sie sah für einen Moment zufrieden und unbesorgt aus. Ich freute mich darüber. Auch mich quälten ausnahmsweise keine schwerwiegenden philosophischen Fragen.

Doch die Idylle des ausgeglichenen Schweigens währte nicht lange. Denn ein bedauernswertes altes Muttchen tauchte auf und stammelte in gebrochenem Deutsch irgendetwas von Medikamenten für irgendeinen Angehörigen, für den sie wohl Geld benötigte und zeigte uns ein Foto und irgendeinen Ausweis, der offenbar irgendeine schwere Krankheit bescheinigte. Wir reagierten nicht besonders originell, sondern sahen mitleidig lächelnd zur Seite und murmelten irgendeine Entschuldigung. Als die arme Frau bemerkte, dass es bei uns nichts zu holen gab, belegte sie uns in Form irgendeines Handzeichens mit einem Fluch und trollte sich.

Sobald sie außer Hörweite war, dozierte ich etwas von wegen Bandenkriminalität und dem ungerechten Zustand der Welt, welcher Menschen wie sie überhaupt in solch eine Lage versetzte, während Elenore immer blasser wurde und in sich zusammenzusinken schien.

„El, du glaubst doch jetzt nicht etwa … wir hätten nichts für sie tun können. Oder ist es wegen diesem Zeichen? Hey, *come on*, du studierst immer noch Philo, nicht Parapsychologie, du kannst doch nicht …"

Sie biss sich auf die Unterlippe. „Heute ist Freitag der Dreizehnte! Und wir wurden mit einem Fluch belegt. Diese Kombination ist kein Spaß", murmelte sie.

„Hm, okay. Dann brauchen wir wohl irgendein Gegenmittel. Um den Bann zu lösen, meine ich … wie …", redete ich drauflos und sah Elenore dabei unentwegt an.

Sie erwiderte meinen Blick und ich verstummte. Ihre Augen, dieses Meergrün! Ich hatte das Gefühl darin zu versinken. In diesem Moment konnte ich ihr endgültig nicht mehr widerstehen – ich zog sie an mich und küsste sie.

Ich muss sagen, sie gab mir keine Ohrfeige. Stattdessen wirkte sie irgendwie überrumpelt, bewegungslos. Als wir uns voneinander gelöst hatten, schien sie jede meiner Bewegungen genau zu beobachten.

Ihr unergründlicher Ausdruck machte mich nervös und ich bemerkte scherzhaft „Ich dachte ein Kuss wäre ein gutes Gegenmittel, weil …", doch ich kam nicht dazu den Satz mit einer stupiden Phrase zu beenden. Elenore schlang mir die Arme um den Hals und küsste mich nun ihrerseits, als wäre es die letzte Gelegenheit vor dem Weltuntergang.

Als wir voneinander abgelassen hatten, blieben wir noch eine Weile auf der Bank sitzen. Ich legte einen Arm um Elenore und sie lehnte ihren Kopf an meine Schulter.

„Wow", meinte ich nur und grinste närrisch vor mich hin.

„Nick, das wird den Fluch nicht lösen. Es ist ein klarer Beweis dafür, dass er schon wirkt", murmelte sie mir verträumt ins Ohr. Oh Elenore, wie entzückend warst du in diesem Moment!

„Keine Sorge, es ist Donnerstag!", neckte ich sie und lachte froh.

Wunderbar wie sich das alles heute gefügt hatte! Leider hatte ich das mit dem Donnerstag nur so gesagt. Es war Freitag der Dreizehnte und mir würde das Lachen noch innerhalb der nächsten halben Stunde vergehen.

Denn nun rückte Elenore endlich mit ihrer komplizierten Lebensgeschichte raus. Endlich spielte sie mir das fehlende Puzzlestück zu, welches die entscheidende Erklärung für das verzerrte Gesamtbild lieferte.

„Du willst sicher wissen, warum ich so erschrocken bin, als … Karl … von Mesmer geredet hat?", begann sie.

„Hm?", machte ich fragend.

„Du musst wissen, aber versteh das bitte nicht falsch, es ist nicht so krass, wie es sich anhört, also … mein Vater hat eine Sekte."

Ich hatte mit so ziemlich allem gerechnet, nur damit nicht.

„Dein Vater ist in einer Sekte?", wiederholte ich zaghaft.

Elenore drehte sich, sodass sie mir in die Augen schauen konnte. „Nein, schlimmer. Er *hat* eine Sekte. Er ist der Gründer, der Sekten-Guru, weißt du? Und er hat die Lehren Mesmers für seine Zwecke recycelt. Und der Zweck ist, Leute psychisch zu verwirren, um ihnen das Geld im Namen einer obskuren Lehre aus der Tasche zu ziehen. So. Jetzt weißt du es."

Ich sah sie bewegt an, ergriff dann ihrer Hand und drückte sie. „Das erklärt so einiges. Elenore, das ist wirklich krass! Kommst du klar, ich meine …"

Sie verzog ärgerlich den Mund und ihre Augen schienen Funken zu sprühen. „Ich hatte eine normale Kindheit, wenn du das meinst! Jedenfalls war es nicht das, was du dir jetzt vielleicht denkst, falls du irgendwelche Thriller oder Dokumentationen über Sekten gesehen hast. Das sind in meinem

Fall nur Vorurteile. Aber mein Leben war bisher natürlich trotzdem verrückt genug. Willst du meine Geschichte hören?"

Ich nickte ergeben und wartete gespannt auf ihre Erzählung.

Tobi durfte das Vorwort schreiben und Luise hat ein unprofessionelles psychologisches Gutachten über mich beigesteuert. Da darf natürlich ein Beitrag von Elenore in meiner Autobiografie nicht fehlen. Sie war bereit, mir für dieses Werk ihre Lebensgeschichte in schriftlicher Form zur Verfügung zu stellen. Was sie mir damals an der Tarot-Grenze erzählte, wiederholt sie nun in einer schriftlichen Version besser, als ich es je könnte.

Während sie damals unter Gestammel und Tränen versuchte mir ihr bisheriges Leben begreiflich zu machen, ist die erzählerische Version dieser Geschichte weitaus strukturierter. Deshalb überlasse ich nun Elenore selbst die nächsten Seiten. Es ist ihre Geschichte.

Die ersten 19 Jahre im Leben der Elenore Rosemary Maurus:

Ich werde mich nicht mit überflüssigen Details über meinen Geburtsort und meine Schulzeit aufhalten.

Mein Vater hat einen Doktor in Soziologie, allerdings konnte er damit nicht viel anfangen, weil seine qualitativen Forschungsprojekte immer aus finanziellen oder strukturellen Gründen abgelehnt wurden. Als sich meine Eltern kennenlernten, hatte die Not ihn bereits zu einem gut verdienenden PR-Fachmann gemacht.

Er meinte später immer, dieser Job hätte ihn für seinen Lebtag korrumpiert, da es darum ginge, Menschen psychologisch auszuforschen, ihnen Mängel aufzuschwatzen und sie anschließend von irgendeinem Konsumgut, einer Firma oder einem guten Zweck zu überzeugen, sodass sie nicht mehr anders konnten, als ihr Geld dafür zu verprassen. Ich bin Einzelkind und bis ich in die vierte Klasse kam, lebten wir ein normales Familienleben. Leider war mein Vater nicht zufrieden mit dem PR-Kram, er hatte Ehrgeiz und wollte nicht immer nur Werbung für anderer Leute Unternehmen machen. So kam er auf die Idee, eine Sekte zu gründen.

Meine Mutter hielt das zunächst für eine Spinnerei und ignorierte es, ich durfte davon nichts wissen. Doch mein Vater las sich immer tiefer in die Literatur über Sektenstrukturen ein und stieß bei einem für mich eher langweiligen Urlaub am Bodensee auf die Lehren von Franz Anton Mesmer. Da er vor dem Soziologie-Studium einige Semester Medizin studiert hatte, war er der Meinung, dass eine Sekte, welche die Heilung für alle möglichen Leiden verspricht, ein guter Ausgangspunkt ist und beschäftigte sich eingehend mit dem Mesmerismus.

Meiner Mutter wurde das allmählich suspekt und sie drohte mit der Scheidung, wenn er noch weiter solchen Ideen nachgehen würde. Er hörte nicht auf sie. Ich habe damals gemerkt, dass meine Eltern viel miteinander gestritten haben und war traurig deswegen, aber den Grund der Auseinandersetzung kannte ich natürlich nicht. Und selbst wenn, ich weiß nicht, ob ich damals verstanden hätte, um was es ging.

Innerhalb der nächsten drei Jahre schaffte es mein Vater dann tatsächlich die Sekte zu gründen und meine Eltern trennten sich, als ich zwölf war.

Meine Mutter beschloss daraufhin, in ihre alte Heimat Irland zurückzukehren und wollte mich mitnehmen. Mein Vater jedoch meinte, dass ich ja wohl schlecht in ein ganz neues Schulsystem integriert werden könne und ich wollte damals auch nicht weg von meinen Freundinnen. Er manipulierte mich also derart, dass ich in Deutschland blieb, meine Mutter mit schlechtem Gewissen nach Irland auswanderte und das Beste für uns hoffte.

Innerhalb weniger Jahre schaffte er es, Anhänger zu werben, fremde Leute psychisch zu zermürben, sozial zu isolieren und sie um ihr Hab und Gut zu bringen. Und ich bekam von all dem nichts mit!

Wir zogen nun in ein größeres Haus in Toplage, er kaufte sich ein teures Auto und ich bekam einen Haufen Taschengeld und jede Menge Markenklamotten. Nur gegen die neueste Technik hatte er Einwände. Ich fand das ungerecht, weil alle meine Freundinnen schon ein Smartphone hatten. An meinem vierzehnten Geburtstag erfuhr ich dann, woher unser Wohlstand kam. Er hatte nämlich den Plan gefasst, mich zu seiner Nachfolgerin auszubilden!

Ein Jahr lang akzeptierte ich das und interessierte mich für alles, was mit seinen Lehren zu tun hatte. Ob an den Theorien des historischen Mesmers etwas dran ist, sei dahingestellt. Mein Vater entwickelte jedenfalls eine eigene, stark abgeänderte Version dieser Lehre, die er auch von anderen, gegenwärtig existierenden Entwürfen eines Neo-Mesmerismus abgrenzen wollte.

Das Vertrackte war, dass er wohl inzwischen selbst daran glaubte, vielleicht aus kognitiver Dissonanz heraus, um sich nicht wie ein Scharlatan zu fühlen. Zu seinem Neo-Mesmerismus gehörte auch der Widerstand gegen technische Neuerungen, da die Mobilfunkstrahlen wohl die Gesetzmäßigkeiten des Magnetismus im menschlichen Körper durcheinander bringen würden. Das war gleichzeitig auch ein willkommener Vorwand, warum Internet und Handys seinen Anhängern nur schaden würden. Sein pseudowissenschaftliches Standartwerk verkaufte er für einen erschreckend hohen Preis.

Während ich mir in der ersten Zeit noch einreden ließ, er hätte die Weisheit mit Löffeln gefressen und „die da draußen" hätten keine Ahnung, worauf es im Leben ankommt, bekam ich mit etwa fünfzehn Jahren eine Krise.

Ich fühlte mich nicht gerade dazu berufen, eine Sekte zu leiten, vermisste meine Mutter, zu der ich keinen Kontakt mehr haben durfte und das Versteckspiel mit den vielen Erklärungen quälte mich. Ich war anders als die anderen. Das ist in dem Alter immer ein Problem, aber ich konnte meinen Schulfreundinnen ja nicht erklären, warum ich in den teuersten Klamotten herumlief und trotzdem kein Handy hatte. Außerdem bekam ich Angst vor Besuch, weil ich aus irgendwelchen diffusen Gründen eine Begegnung zwischen meinen Freundinnen und einem Sektenmitglied fürchtete. Oder ich hatte die irrationale Befürchtung, mein Vater würde sie noch in die Sache verwickeln.

Ich wurde also immer schweigsamer und abweisender und irgendwann hielten mich die anderen für hochnäsig und wollten nichts mehr mit mir zu tun haben. Ich litt darunter, mit niemandem reden zu können. Und vor den Lehrern und den anderen aus der Klasse immer „Normalität" spielen zu müssen. In dieser Zeit begann auch das Schlafwandeln und die gelegentlichen Halluzinationen.

Was meine Träume betraf, so stellte ich mit Erstaunen fest, dass sie wirklich prophetischen Gehalt zu haben schienen, aber ich erzählte niemandem etwas davon. Auch wenn ich vielem Humbug gegenüber skeptisch bin, ich meine es gibt dennoch Phänomene, die bisher einfach noch nicht wissenschaftlich erklärt werden können. Deshalb bin ich ein bisschen abergläubisch.

Da ich mein Leben in dieser Zeit einfach nur schlimm fand, begann ich zu rebellieren. Ich legte mir einen ausgeflippten Style zu, begann zu rauchen (ein Glück, dass ich vor einem halben Jahr endlich aufgehört habe!) und las viele Bücher über Philosophie und Psychologie. Meine Schulnoten gingen in den Keller, weil mein Privatstudium mich zu sehr ablenkte.

Das war mir egal, es war mir jetzt wichtiger, mir eine eigene Lebensphilosophie zurecht zu legen. Eine Erklärung für meine Familiengeschichte zu finden. Aber ich war unsicher, nicht besonders selbstbewusst. Wusste nicht, wem ich trauen konnte.

Mit sechzehn hatte ich dann die „geniale Idee" (die schlechteste Entscheidung meines bisherigen Lebens!) mich mit einem unmöglichen Typen einzulassen. Er stand damals kurz davor, das Abitur nicht zu bestehen und war schon achtzehn. Ich schwärmte für ihn, weil er gut aussah (das bildete ich mir jedenfalls ein) und er bekam das mit. Mein Plan war, ihm alles zu erzählen, damit er mich irgendwie retten würde. Mir helfen, ein neues Leben anzufangen oder so. Einen Scheiß tat er. Er nutzte mich nur aus, damit ich *sein* Leben organisierte, weil er zu viel soff und sich gelegentlich mit üblen Typen prügelte.

Mein Versuch, von zu Hause abzuhauen und mich bei ihm zu verstecken, endete damit, dass er mich nach einer Woche mit so einer Bitch aus seiner Klasse betrog. Inzwischen bin ich froh, dass ich den Vollidioten auf diese Weise losgeworden bin. Es hätte schlimmer kommen können.

Ich kehrte also reumütig und vom Liebeskummer geplagt nach Hause zurück, bekam Hausarrest und jede Menge Nachhilfe von Bekannten meines Vaters, damit ich die zehnte Klasse nicht wiederholen müsste.

In den folgenden Jahren wollte ich erst mal nichts mehr von Jungs wissen und vertraute niemandem. Eine Freundin aus meiner alten Tanzgruppe tauchte wieder auf und wir unternahmen gelegentlich etwas, aber ich konnte ihr natürlich nichts sagen.

Also heuchelte ich zu Hause eine neu erwachte Begeisterung für den Mesmerismus und lernte brav für die Schule, auf

116

dass ich ein gutes Abi schreiben und später die Sekte übernehmen würde.

Meine wahren Pläne sahen anders aus. Das Leben hatte mich gelehrt, dass es keine gute Idee war, sich die Freiheit durch eine miese Beziehung erkaufen zu wollen. Also musste ich mich selbst um meine Unabhängigkeit bemühen. Die nächste Chance dazu sah ich im Studium.

Meinem Vater schwebte wohl vor, dass ich ein Fernstudium machen solle und nebenbei von ihm die Unterweisungen für professionelle Sektenführung erhalten würde. Das musste verhindert werden! Also griff ich zu einem Trick. Ich schwärmte ihm vor, wie gern ich doch am Bodensee studieren würde, um Mesmer noch besser zu verstehen. Er hatte schließlich auch eine Zeit seines Lebens in Konstanz gelebt!

Mein Vater verlor sein Misstrauen nach einer Weile und erlaubte es mir. Er war zudem der Meinung, dass ich als zukünftige Leiterin seiner Sekte wohl auch noch die echte Welt kennenlernen musste, um mich souverän in der Gesellschaft zu bewegen und nicht vollkommen spinnert zu werden. Die Idee mit der Philosophie tolerierte er, weil meine Noten für Psychologie und Medizin dann doch nicht gut genug waren. Dieses Studienfach würde schon nützlich genug sein, um die Weltanschauung anderer Leute zu manipulieren … also zog ich nach Konstanz.

Ich wählte die kleinste und billigste Wohnung die ich finden konnte, weil ich nicht als schräge High-Society-Göre auffallen wollte. Tja. Und dann begann das Studium … die Begegnung mit Nikodemos Haselhuhn veränderte mein Leben grundlegend.

Ich wusste vom ersten Moment an: das muss Schicksal sein! Er war anders, als alle Menschen, die mir bisher über den Weg gelaufen waren. Durch ihn schöpfte ich Hoffnung auf eine gute neue Wendung.

Er war normal genug, um als psychisch stabiler Mensch zu gelten und so weit neben der Spur, um mich verstehen zu können. Die perfekte Mischung! Und überhaupt – er war immer lieb und verständnisvoll zu mir und erzählt gern lustige Anekdoten aus Philosophie und Literatur. Und dann finde ich es ziemlich aufregend, dass er manchmal so finster und dann wieder fröhlich und ausgelassen wirkt. Nick hat wirklich eine bemerkenswerte Ausstrahlung.

Leider ist er nicht nur mir, sondern auch so einem durchgedrehten Prof und seinem nicht minder wahnsinnigen Assistenten aufgefallen und die haben sich dann gleich im ersten Semester einen Mordfall ausgedacht, den er angeblich begangen haben sollte. Damit wollten sie testen, ob er sich als Ermittler eignet.

Zwar sind Nick und ich sehr schnell Freunde geworden, aber die Sache mit dem „Mord" hat uns kurz wieder auf Abstand gebracht. Da ich überzeugt war, dass er ein guter Mensch ist, war ich bereit, mich im Fall der Fälle für ihn einzusetzen. Ich hatte in meinem Leben schon genug erlebt, dass ich Grenzfälle aller Art gut nachvollziehen konnte. Dieses Vertrauen war ihm dann aber zu voreilig, vor allem weil er sich ja selbst nicht erklären konnte, was da mit ihm gespielt wurde. Wir versöhnten uns zum Glück wieder, als der Fall geklärt war.

Nur musste ich blöderweise in den Semesterferien zurück zu meinem Vater und machte so eine Art Praktikum in unserem „Familienbetrieb". Mit seinen Anhängern und Kollegen hatte ich bisher nichts zu tun gehabt, er hatte mich immer von ihnen ferngehalten. Doch nun war ich nach einem Semester Universitätsstudium wohl reif genug, um als zukünftige Nachfolgerin präsentiert zu werden. Ich war völlig fertig mit den Nerven. Unter irgendwelchen Vorwänden schaffte er es, mich länger als nötig dort zu behalten und so musste ich das Studium unterbrechen. Mein Handy hatte ich in meiner Studentenbude zurückgelassen, weil ich ja ins Land der

Technikfeinde unterwegs war. Als Nick einmal in einem merkwürdigen Traum-Kontext erschien, begann ich mir Sorgen um ihn zu machen.

Nachdem der Prof merkwürdige Experimente mit ihm gemacht hatte, konnte ich mir lebhaft vorstellen, dass er in Gefahr schwebte. Außerdem machte ich mir langsam Sorgen, dass er mich vergessen könnte, wenn ich so lange weg war und mich nicht meldete. Also schrieb ich ihm einen Brief ohne Absender, in dem ich ihn vor gefährlichen Fischen und Nebenjobs warnte. Ich kündigte zudem an, ihm eines Tages alles zu erklären.

Als ich jedoch erkannte, dass mein Auftritt bei der Sekte das ganze zweite Semester in Anspruch nehmen würde, beschloss ich zu handeln. Ich würde nach Konstanz fliehen und wenn nötig den Kontakt zu meinem Vater auf unbestimmte Zeit abbrechen!

Ich konnte einfach nicht mehr mit ansehen, wie er die armen Menschen mit seinen Heilsversprechen betrog. Außerdem war ich nun alt genug, um mich moralisch verantwortlich zu fühlen, wenn ich ihm in dieser Hinsicht nacheiferte.

Also ergriff ich die Flucht und kehrte nach Konstanz zurück. Dort angekommen wusste ich nicht, was ich tun sollte. Deshalb beschloss ich ohne lange zu überlegen, Nick zu besuchen. Er wohnt in der Nähe von Meersburg bei unserer Professorin Delphine Manet. Es war wohl ein seltsamer Zufall, das ausgerechnet sie seine Vermieterin wurde. Ich machte mir natürlich Sorgen, dass ich Nick irgendwie ungelegen kommen könnte. Oder er es mir verübelte, dass ich so plötzlich verschwunden war und mich nur einmal gemeldet hatte. Oder er jetzt eine Freundin hatte und ich in seinem Leben dann nur stören würde.

Aber ich hatte sonst niemanden. Und er hatte nicht nur mich in Situationen anderer Art erlebt, sondern auch ich hatte bereits Einblicke in Grenzsituationen seines Studentenlebens erhalten. Deshalb verband uns wohl doch genug, dass ich ungefragt bei ihm auftauchen konnte.

Wir trafen uns, ich wurde in Delphines Gruppe integriert und Heidesands Handlanger entpuppte sich als Plagiator. Ich weiß nicht, was ich von ihm halten soll. Momentan nennt er sich Karl Sandemar. Er ist ein interessanter Typ, aber suspekt. Er vertritt immer radikale Ansichten, nur um als Störenfried zu gelten. Außerdem kann ich einfach nicht vergessen, was er dem armen Nick im ersten Semester alles angetan hat!

Nick schien ihm das sogar schon beinahe verziehen zu haben … es machte mir aber Sorgen, dass der Kerl sich mit so vielen Philosophen vom Bodensee und Mesmer auskennt. Was wäre, wenn er was über mich wusste? Nein, das war zu paranoid gedacht. Aber dieses Phantom sollte besser aufpassen, dass er nicht noch in die Mesmer-Sekte gerät! Er hatte wohl gerade eine Art Identitätskrise und beschäftigte sich mit diesen Theorien. Da konnte man nur hoffen, dass nicht plötzlich die Leute meines Vaters auftauchten und ihn anwarben.

Hm, obwohl … dieses Phantom wäre bestimmt ein tausendmal besserer Sekten-Guru als ich! Er bewegt sich doch so gern am Rande des Gesetzes … vielleicht sollte ich ihn anwerben und meinem Vater damit den Ausflug nach Konstanz erklären. Nein, das könnte ich nicht ethisch vertreten.

Ich war so froh, dass ich endlich den Moment gefunden hatte, um Nick meine Geschichte zu erzählen. Und darüber, dass er mich keineswegs vergessen hatte, ganz im Gegenteil! Ich hatte wirklich Glück, ihn zu kennen. Einmal im Leben schien ich Glück zu haben. Nicht zu fassen!

Er hat mir dann noch ein bisschen aus seinem Leben erzählt. Ich werde hier einen kurzen Überblick darüber geben, weil ich finde, dass es in seine Biografie gehört. Er findet diese Dinge immer zu lästig, um sie zu erwähnen. Seine Eltern kommen aus der Nähe von Berlin und machen irgendwas mit Immobilien und Architektur (ich habe scherzhaft angemerkt, dass sie vielleicht korrupt sind und Geschäfte mit der Mafia machen, weil ich nicht die Einzige mit einer schwierigen Familie sein will … Nick war nicht so *amused* über den Scherz).

Seine jüngere Schwester Carmelinda Haselhuhn interessiert sich für Mode, hält sich für eine Influencerin und hat dieses Jahr das Abi gemacht. Danach will sie irgendwas mit Medien oder Design studieren. Nick bezeichnet sie nur abfällig als „das Haselküken".

Er verübelt es ihr ein bisschen, dass sie und seine Ex-Freundin beste Freundinnen geworden sind und ihn gern als Beispiel für unmögliches Verhalten heranziehen. Als ich ihn nach seiner Ex fragte, bezeichnete er sie als „sehr nettes Mädchen. War immer für mich da, wenn ich sie brauchte. Und wenn ich sie gerade nicht brauchte auch. Vielleicht hat sie sich einfach zu viel Mühe mit mir gegeben."

Er hatte sich dann auch noch in ein hübsches Mädchen aus der gemeinsamen Clique mit seinen besten Kumpels Friday und Ben verguckt, die ihn jedoch durchgehend „eiskalt ignorierte".

Seine Schwester hatte das alles dramatisiert und irgendetwas von wegen „beispielloser Untreue" gelabert, sodass sich seine Freundin schließlich von ihm trennte.

Seine Ex tat mir zwar fast ein bisschen Leid, aber Haselküken war mir direkt unsympathisch.

Seine Eltern waren so darauf bedacht, dass er ein vernünftiges Studium ergreifen sollte, das ihn eines Tages zu einem Topverdiener machen würde, sodass Nick „aus reiner Bosheit beschloss, das Gegenteil zu tun".

Das sogenannte Gegenteil bestand zunächst darin, mit seinen Freunden Friday und Ben, den kiffenden Schulschwänzern, eine Band zu gründen.

Nach dem Abitur (das Friday, der die Schule nur immer freitags besucht hatte, nicht bestanden hatte) entstand also die Punkrockband „Springende Lemminge".

Nick meint, seine Versuche an Schlagzeug und E-Gitarre seien wirklich ohrenbetäubend gewesen. Friday hatte das Keyboard gequält und Ben mit rauchiger Stimme die Texte gegrölt, die Nick in seiner rebellischen Phase verfasst hatte.

Allerdings wollte das mit dem Bandprojekt nicht wirklich in die Gänge kommen und Nick fielen Bücher mit philosophischen Zitaten und Literaturklassiker in die Hände. Deshalb fing er an, mit klugen Sprüchen um sich zu werfen und seine Clique damit zu ärgern. Besonders Balthasar Gracian (er nannte ihn „alter Balthasar") übte einen großen Einfluss auf ihn aus.

Er beschloss, zu Höherem berufen zu sein und seine Eltern, seine ehemaligen Lehrer und den Rest der Gesellschaft nun mit einer Karriere als Philosoph zu ärgern. Die Hoffnungen auf das Dasein als Rockstar gab er auf. Da er allerdings die Songtexte geschrieben hatte, wollte er außerdem noch Schriftsteller oder Dichter werden.

Seine Kumpels hatten nicht viel Verständnis für diesen Sinneswandel und sein neuerdings eher arrogantes Auftreten, seine Schwester hatte ihm durch Gerüchte die Freundin abspenstig gemacht, seine neue Angebetete wechselte nie ein Wort mit ihm und seine Eltern verloren die Fassung über seine Studienwahl. Kein Wunder, dass er von dort weg wollte und sein Studium in einer Stadt ganz unten auf der Landkarte begann - ich bin diesen Leuten zu Dank verpflichtet!

10

An Mesmers Grab

Wer denkt, mit unserem Gefühlsausbruch bei den Tarot-Skulpturen wären alle Probleme aus der Welt geschafft und das Happy End hätte begonnen, muss erstaunlich naiv sein. Was ich über Elenore erfahren hatte, war mehr als kompliziert. Es war geradezu ein Dilemma.

Nach unserem Gespräch über unsere Lebensgeschichten war leider nicht mehr viel passiert. Ich war von den Neuigkeiten so überwältigt, dass ich mich dann rasch von ihr verabschiedet hatte und dabei das baldige Wiedersehen in Delphines wissenschaftlichem Kellerclub in den höchsten Tönen pries.

Dann war ich davongeeilt und hatte in der Nacht kein Auge zugetan. Irgendwie schaffte ich es, mich zunächst über das Zusammenspiel der Zufälle an diesem Freitag dem Dreizehnten zu erfreuen und erfolgreich meinen inneren Kritiker zu verdrängen.

Hatte ich nicht schon seit unserer ersten Begegnung gewusst, dass Elenore das gewisse Etwas hatte und anders war, als andere Mädchen? Natürlich schmeichelte es mir, dass gerade diese Frau Gefühle für mich hegte, natürlich war ich euphorisch! Nur leider … war ich eben ein skeptischer Denker.

Am nächsten Tag war ich verblüffend früh auf den Beinen und frühstückte hastig. Ich merkte, wie sich mahnende Gedanken über mögliche Probleme und zukünftiges Unglück in meinen Geist schlichen.

Mir war klar, dass ich den Morgen nicht tatenlos im Haus verbringen konnte und wollte auch den typischen Diskussionen mit Delphine oder Luise entgehen.

Da kam mir die Idee, einen Ausflug nach Überlingen zu machen. Laut dem Phantom hatte dort ja dieser Menzl seine philosophische Eliteakademie errichten wollen. Es ging mir nicht um Recherchen, aber irgendein Ziel brauchte ich. Vielleicht würde das Flair der Altstadt mich ein wenig ablenken.

Ich schnappte mir eine Flasche Wasser und mein Rad und weg war ich. Als ich so abartig mit dem Fahrrad dahinraste, erinnerte ich mich an ein Epigramm von Goethe. Der Titel lautete „Das Beste":

Wenn dir's in Kopf und Herzen schwirrt,

Was willst du Beßres haben!

Wer nicht mehr liebt und nicht mehr irrt,

Der lasse sich begraben.

Seltsam. Gestern Vormittag hatte ich noch über weise Eremiten philosophiert, Buddhisten und Stoiker waren meine Vorbilder gewesen, und ich hatte mich über jegliche Anhaftung erhaben geglaubt. Und da fuhr ich nun wie von der Schwarzfußkatze gehetzt nach Überlingen und rezitierte leidenschaftliche Goethe-Gedichte. Der Mensch ist sich selbst ein Rätsel!

In der malerischen Altstadt und an der Seepromenade von Überlingen war mir zu viel los. Tourismus eben. Ich stellte mein Rad irgendwo ab und lief in den Stadtgarten, wo ich die Blumen, Kakteen und Palmen bewunderte, bevor ich mich an den Aufstieg in die höheren Sphären dieses Geländes machte. Ich kam an einem Reh-Gehege vorbei, winkte den putzigen Tieren lässig zu und kam schließlich an einem Pavillon an, wo ich mich erschöpft gegen das Geländer lehnte und in die Landschaft starrte. Grandiose See- und

Bergsicht! Von hier hatte man den Überblick über die Wege und Palmen sowie den Brunnen unten im Stadtgarten. Als ich genug davon hatte, setzte ich mich auf eine Bank und meine wirren Gedanken erhielten endlich die Aufenthaltsgenehmigung in meinem Bewusstsein.

In einer Sekte war sie also. Das erklärte so einiges. Eine Sekte, die sie nicht würde verlassen können. Eine Sekte, die sie sogar übernehmen sollte! Ja, schon klar – sie weigerte sich, wollte aussteigen und so weiter. Aber ich war nicht besonders optimistisch, was das Gelingen ihres Vorhabens betraf. Wenn das so eine Familiensache war, wie wollte sie das bitte schaffen?

In unserem Gespräch am Vortag hatte es einige Anklänge gegeben, die sich so anhörten, als sollte ich ihr wohl dabei helfen. Und jetzt war sie von da abgehauen und hoffte auf meinen guten Willen. Warum wollen immer die Freaks was von mir? Gut, meine Ex war weitgehend normal. Aber meine früheren Bandmitglieder waren ziemliche Freaks. Heidesand und das Phantom sowieso.

Da schwatzte ich doch immer von einem aufregenden Leben voller Abenteuer – und wenn es dann vor der Tür stand, ließ ich mich entschuldigen! War ich so ein Feigling? Oder nur ein vernünftiger Mensch?

Ich erinnerte mich an meinen Religionslehrer, der uns einmal einen mahnenden Lehrfilm zur Sektenprävention gezeigt hatte. Es war mir immer völlig klar gewesen, dass ich mich von diesen kruden Gestalten fernhalten würde, Sinnsuche hin oder her. Ich hatte mir einmal in der Uni aus Versehen Bücher von einer Sekte aufschwatzen lassen, die ich aber nie gelesen hatte. Und in Städten machte ich sowieso immer einen großen Bogen um solche Leute. Was wohl mein Religionslehrer zu Elenores Situation sagen würde? Es war die reinste Ironie auf welche Weise ich nun mit dem Thema zu tun bekommen hatte.

Wenn sie eines Tages nach erfolgloser Arbeitssuche plötzlich doch die Sektenchefin werden wollte? Nein, das konnte ich mir bei ihr wirklich nicht vorstellen. Aber mit Sekten ist nicht zu spaßen. Ich konnte mir schon denken, dass ihr Vater und seine Leute nicht besonders amüsiert darüber wären, wenn sie sich mit einem Typen wie mir herumtrieb. Und ehrlich gesagt, ich hatte wenig Lust wahlweise einer Sekte beizutreten oder von irgendeinem Fanatiker kaltgemacht zu werden, der die Nachfolgerin seines Gurus vor Chaoten beschützen wollte. Gut, vielleicht ging gerade die Fantasie mit mir durch. Vielleicht waren es ja ganz höfliche und zivilisierte Leute, die weltoffener waren, als ich dachte. Aber wenn ich es erfahren würde, wäre es schon zu spät.

Ich sollte Elenore sagen, dass eine Beziehung nicht funktionieren würde. Je schneller ich ihr das mitteilte, desto besser. Vor etlichen Monaten hatte ich einmal spekuliert, ob ich vielleicht was Lockeres mit ihr haben könnte. Wir lebten schließlich in modernen Zeiten ... aber das wäre keine Lösung. Sie bedeutete mir schon viel zu viel und ich wollte weder sie noch mich in Gefahr bringen.

Gefahr. Wie sich das anhört! Bestimmt war alles viel harmloser, als es gerade auf mich wirkte. Vielleicht hatte sie nur übertrieben.

Das Problem war nur, dass ich sie wirklich gern hatte, mehr als das. Sie verdiente einen guten Typen. Einen wirklich verlässlichen Menschen, nicht so einen unsteten Menschen wie den Studenten Haselhuhn. Vor allem nach der Sache mit ihrem üblen Ex. Ich kapiere einfach nicht, was Frauen an solchen Dreckskerlen finden!

Mag sein, dass ich nett und charmant zu ihr war. Mag sein, dass wir uns vertrauten. Mag sein, dass ich den Anspruch hatte, als ihr Freund wirklich das Musterbeispiel des einfühlsamen, modernen Mannes im Zeitalter der abgeschafften Gender-Klischees zu sein.

Doch wie lange würde das gut gehen? Es konnte mir jederzeit passieren, dass ich auf irgendeine Idee verfiel. Detektiv sein zu wollen war nur der Anfang.

Ich traute es mir durchaus zu, plötzlich das Studienfach zu wechseln oder allein auf Weltreise zu gehen und anschließend als Einsiedler im Gebirge zu leben. Oder plötzlich spielsüchtig geworden durch die Casinos zu streifen und den avantgardistischen Großstadtblues zu erleiden. Ich gebe zu, auch diese Vorstellungen waren wohl von meiner Lektüre beeinflusst. Diese Ideen hatte ich bestimmt Hesses Büchern „Steppenwolf" und „Siddhartha" sowie dem „Spieler" von Dostojewski zu verdanken.

Jedenfalls brauchte Elenore wahrscheinlich erst mal Stabilität im Leben. Und eigentlich musste sie selbst dafür sorgen, ihr Leben in Ordnung zu bringen.

Verdammt. Sie war so wunderbar und einzigartig! Ich wusste jetzt schon, dass ich sie nie wieder vergessen würde. Nie wieder jemanden wie sie finden würde.

Aber mit den Fähigkeiten wachsen auch die Anforderungen. Sie war für mich als Philosophen und Detektiv wohl eine ganz besonders knifflige Herausforderung. Wahrscheinlich hatte unsere Begegnung den Sinn, meine Erkenntnisfähigkeit zu schulen.

Als ich das aktuelle Drama meines Privatlebens genügend analysiert hatte und auf keine passende Lösung gekommen war, beschloss ich den Rückweg anzutreten. Ich verließ den Stadtgarten und sammelte mein Fahrrad ein.

Mein zynischer Charakterzug veranlasste mich dazu, nicht direkt zurückzufahren, sondern einen Abstecher nach Meersburg City zu machen, weil dort Mesmer die Jahre vor seinem Tod verbracht hatte. Hier existierte das gleiche Problem mit den vielen Touristen. Also ließ ich mein Rad in der Unterstadt zurück. Ich kam mir vor wie ein Bergsteiger, als ich durch die schmalen Gassen der mittelalterlichen Altstadt zuerst die Oberstadt durchquerte und dann unermüdlich weiter den Berg hinauf lief, um auf den historischen Friedhof zu gelangen. Ein Glück, dass ich das nicht mit dem Rad versucht hatte. Sportstudent war ich nun auch wieder nicht.

Der Friedhof war mir bislang unbekannt, aber irgendetwas zog mich zu Mesmers Grab. Vielleicht der Magnetismus, haha. Bei dieser Gelegenheit warf ich vorher auch einen Blick auf den schlichten und verwitterten Grabstein der Mauthners. Inschrift: *Vom Menschsein erlöst.* Stammte wohl aus seinem Buch „Der letzte Tod des Gautama Buddha" von 1913. Vielleicht sollte ich das mal lesen und auf Erleuchtung hoffen. Wäre echt nicht schlecht, so eine Existenz als Bodhisattva vom Bodensee.

Nachdenklich lief ich über den Kiesweg und umrundete anschließend das Grab von Franz Anton Mesmer. Der Grabstein des geheimnisvollen Begründers der Hypnose-Therapie schien mich zu hypnotisieren. Es war ein dreieckiger Marmorblock, der erhöht auf drei Stufen stand, das Illuminaten/Freimauer- Dreieck war auf einer Seite eingraviert. Oben war ein Kompass in den Stein eingelassen, um den herum goldene Zahlen eingraviert waren. Am Ende hatte Elenores Vater gar keine Sekte, sondern einen Geheimbund. Auch nicht viel besser.

Ich setzte mich entkräftet auf eine Bank, von der aus ich das unheimliche Mesmer-Grab im Auge behalten konnte und hörte Musik. „Melancholy Man" von The Moody Blues in Dauerschleife. Es war ein trüber Tag, der Himmel bewölkt. Das Lied unterstrich perfekt die Atmosphäre auf dem Friedhof. Bei der vierten Wiederholung tauchte zwar nicht der Geist Mesmers, aber eine ähnlich unheimliche Gestalt wie aus dem Nichts auf.

„Sieh an, der einsame Detektiv! Man trifft sich doch an den ungewöhnlichsten Orten …", grinste das Phantom, das heute einen schwarzen Rollkragenpulli und eine hässliche Retro-Brille im Sartre-Style trug, und setzte sich ungebeten neben mich auf die Bank.

Luise hat sich beim Probelesen darüber geärgert, dass meine Autobiografie nicht den Bechdel-Test bestehen wird. Das ist so eine feministische Filmanalyse, ob Frauen sich miteinander unterhalten und ob es in den Dialogen um andere Themen als um Männer geht. Da ich leider nie dabei bin, wenn sie sich mit anderen Frauen unterhält, kann ich ja wohl kaum solche Gespräche einbauen. Für den folgenden Dialog gibt es laut Luise sogar zusätzliche Minuspunkte, weil wir ihrer Meinung nach zu viel über philosophische Junggesellen geredet haben.

Das Phantom fragte mich nämlich, was denn nun zwischen Elenore und mir so laufe. Ich antwortete wahrheitsgemäß, dass es eine schwierige Angelegenheit sei. Daraufhin empfahl mir das Phantom „Tagebuch eines Verführers" von Kierkegaard zu lesen, um etwas über Manipulation zu lernen. Ich reagierte empört und meinte, dass ich anderen nicht absichtlich Leid zufüge. Er lachte mich aus und meinte, dass so ein Leben als ewiger Junggeselle sowieso mehr Vorteile hätte.

Da so viele große Philosophen Junggesellen geblieben wären, wurde das Wort „Junggeselle" wohl immer wieder als Beispiel für die Begriffsanalyse verwendet. Dann erzählte er mir diverse Anekdoten aus dem Liebesleben bekannter Philosophen, die meine Laune nicht gerade hoben. Ob Junggeselle oder nicht, das Meiste hörte sich ziemlich tragisch an.

„Und wie lebt es sich als Phantom so?", fragte ich, als er mich genug mit den biografischen Eckdaten sämtlicher Geistesgrößen gemartert hatte.

„Mach dir um mich mal keine Sorgen, ich habe mich ganz der Wissenschaft verschrieben. Inzwischen bin ich bei den Geheimwissenschaften angelangt …", meinte er bedächtig und holte eine Pfeife sowie Tabak aus der Tasche und begann sie zu stopfen.

„Alter, bist du dafür nicht noch etwas zu jung?", rief ich verstört. „Ich würde damit besser bis zur Rente warten."

„Man ist nie zu jung ein Weltbürger zu sein", erwiderte er ungerührt. Dann fuhr er fort, mir sein Junggesellen-Dasein zu erklären. „Wie gesagt, ich habe mich der Wissenschaft verschrieben. Und für alles andere habe ich ja noch meine zehn gefälschten Profile auf Tinder und anderen Plattformen für Online-Dating."

„Du hast was?!"

„Mensch Nikodemos, jetzt sei nicht so ein Philister! Wir leben im post-moralischen Zeitalter. Frauen, die es nötig haben, Männer im Internet zu suchen, sollten sich nicht wundern, wenn sie auf finstere Gestalten wie mich treffen. Wie du weißt, hat ja heute schon jeder Philister eine Fake-Identität im Internet. Nicht besonders radikal, wenn du mich fragst. Deshalb habe ich auch mehrere Identitäten im echten Leben. Bin da konsequent."

Er steckte sich die Pfeife an und qualmte wie ein fleißiger Schornstein. Ob ich ihm alles glauben sollte, was er den ganzen Tag erzählte?

Dann stand er auf und umrundete rauchend Mesmers Grab, das er kritisch durch seine Fensterglas-Brille beäugte. „Ich frage mich, was die Zahlen neben dem Kompass bedeuten", sinnierte er. „Vielleicht ist das ja ein Code."

„Woher eigentlich dein Interesse an diesen Philosophen vom Bodensee, Jean-Paul? Gehören ja nicht zum klassischen Bildungskanon ...", erkundigte ich mich und nannte ihn ob seiner existentialistischen Aufmachung bei Sartres Vornamen.

„He, du darfst keine Identität für mich erfinden. Das ist mir zu konfus!", beschwerte er sich. „Ich bleibe noch ein paar Wochen Karl Sandemar. Und was deine Frage angeht, so war es der gute alte Heidesand, der mich auf die Philosophen am Bodensee aufmerksam machte. Besonders Menzl ist sein Vorbild."

Ein Glück! Wenn er nicht gerade log, dann hatte er das alles wirklich nur recherchiert und nichts mit der Sekte von Elenores Vater zu tun. Wahrscheinlich war ihr Verdacht unbegründet, dass er über sie Bescheid wissen könnte.

„Weißt du, was aus Heidesand geworden ist?", fragte ich.

Karl Sandemar gab ein unterdrücktes Lachen von sich. „Du wirst es nicht glauben. Der ist so durch. Nachdem Manet für seine Entlassung gesorgt hat, ist er als Dozent an eine Uni in die Schweiz gegangen, aber da fehlt er meistens …"

„Er ist gar nicht so weit weg?", war mein alarmierter Kommentar. Ich hatte ihn ehrlich gesagt auf die andere Seite des Globus gewünscht.

Karl Sandemar schüttelte vergnügt den Kopf. „Nein, er ist ganz in der Nähe und pendelt gelegentlich noch nach Konstanz. Obwohl er zurzeit lieber zwischen den Welten pendelt. Er macht Selbstversuche mit psychotropen Substanzen, um die Grenzen des menschlichen Bewusstseins zu erforschen."

„Mit welchem Ergebnis?", erkundigte ich mich.

„Hat mir davon abgeraten, weil er einen Monat von imaginären, feuerspeienden Eidechsen verfolgt wurde, die versuchten seine Schnürsenkel zu zernagen. Außerdem fühlte er sich von Raben beobachtet und dachte, sie würden über ihn spotten. Sartre hat ähnlich Verstörendes wegen seinen Drogenexperimenten erlebt."

„Oh …"

„Aber er fühlt sich erleuchtet. Hat seine Doktorarbeit und seine Habilitationsschrift für albernes Gewäsch erklärt und möchte nun eine wissenschaftliche Arbeit basierend auf seinen neuen Erkenntnissen schreiben. Leider gelingt es ihm noch nicht, die volle Bedeutung in Worten auszudrücken, er hat Formulierungsschwierigkeiten. Der Arbeitstitel lautet 'Über den kontrametaphysiethischen Neo-Exfalsohumantheismus`. Foucault sah sich einmal aus ähnlichen Gründen veranlasst, sein Werk über den Haufen zu werfen ... "

„Himmel, da hat Heidesand sich ja was vorgenommen! Ich hoffe, er bleibt bei der Sache und beehrt mich nicht wieder mit Angeboten, die ich abschlagen muss."

„Keine Sorge, er ist viel zu beschäftigt."

„Na hoffentlich!"

11

Crashkurs in Wissenschaftstheorie

Nach der Konversation auf dem Friedhof folgte direkt das wissenschaftstheoretische Meeting mit Delphine. Sie beschloss, das Treffen in den Garten zu verlegen, solange sich das Wetter hielt. Sie servierte uns Pfefferminztee mit frischer Minze und Honig, weil das ihrer Meinung nach für eine höhere Arbeitsmoral und einen frischeren Geist sorgen würde als geistige Getränke.

Ich freute mich, dass sie auf meinen Vorschlag mit der Gartenphilosophie eingegangen war. Das Phantom in seinem schwarzen Rollkragenpulli schien den Keller bereits zu vermissen. Esat hatte ein Türschild mit der Aufschrift **„V.I.P.s* only** - **very important philosophers*" für den Keller gebastelt, er hatte sich wohl bereits an den Titel „Philosoph" gewöhnt. Sein Kumpel Tobi lief nun mit einem Notizbuch umher und schrieb auf, was ich sagte. Das irritierte mich, doch er meinte wohl, dass Biografen so arbeiten. Wie hinlänglich bekannt ist, musste ich ja wieder auf Autobiografie umsteigen, weil seine Lese-Rechtschreib-Schwäche den Arbeitsprozess unnötig in die Länge zog. Aber damals ließ ich ihn noch gewähren …

Delphine setzte bei diesem Treffen auf echte Arbeit. Es war unglaublich, wie sie uns zuerst zwei Stunden eine Einführung in die Aussagenlogik erteilte und nach einer halbstündigen Pause dann mit Wissenschaftstheorie anfing.

Sie erklärte zuerst die Definition von Wissenschaft und Merkmale der Wissenschaftlichkeit in Abgrenzung von Pseudowissenschaften. Ich machte mir eifriger Notizen als in jeder Vorlesung, denn ich hatte vor, den Mesmerismus sowie Menzls „Totalschau des Universums" irgendwann genau auf Wissenschaftlichkeit zu überprüfen und gegebenenfalls als Pseudowissenschaft zu überführen!

Elenore wirkte abwesend und in sich gekehrt. Sie war ziemlich einsilbig, sagte meist nur „Okay" und „Aha". Manchmal ertappte ich sie dabei, wie sie mir scheue Blicke zuwarf und schnell wieder wegsah. Sie war zu spät zu dem Treffen gekommen und ich war erleichtert, dass wir kein persönliches Gespräch führen mussten.

Das Phantom tat seine Unterforderung nach der Pause kund, indem er sich beschwerte: „Das ist ja die reine Wiederholung von LSP und Kernkurs Vier!" Auch Luise gähnte mehrmals und setzte eine wissende Miene auf. Ich war ehrlich gesagt ziemlich froh, endlich die Bedeutung der Junktoren der Aussagenlogik verstanden zu haben, die bisher für mich etwa so aussagekräftig wie Hieroglyphen gewesen waren. Auch der Überblick über deduktive Schlussmuster brachte Licht ins Dunkel und ich verstand so langsam, warum es zum elementaren Handwerkszeug des Detektivs gehörte, mindestens die Grundlagen der Logik zu kennen. Tobi folgte dem Logik-Teil fasziniert und Esat kritzelte derweil eine Karikatur von unserer „verrückten Teegesellschaft" auf eine Serviette.

Delphine erkannte, dass sich die Voraussetzungen bezüglich Wissensstand und Motivation innerhalb der Gruppe ihrer Schützlinge stark unterschieden. So beschloss sie, in der letzten Stunde (sie beschäftigte uns ernsthaft vier Stunden lang, ich kam mir vor wie in einem ganztägigen Blockseminar!) die Seminargestaltung dem Leistungsniveau der Einzelnen anzupassen.

Das Phantom schlug direkt vor, sich ein Grundkonzept für eine Einheitswissenschaft zu überlegen, die sämtliche relevante Wissenschaften bündelte. Luise warf mit hochmütigem Blick ein, er dürfe aber nicht die modernen Wissenschaften im Klimawandel- und Computerzeitalter vergessen, die Welt sei seit Carnap schließlich weitergegangen. Sie waren prompt in eine Diskussion vertieft und Delphine empfahl ihnen kopfschüttelnd, sich jetzt vom Rest der Gruppe abzusetzen und ihre Ergebnisse in der folgenden Woche zu präsentieren.

Tobi bestand darauf, Merksätze über das Malerhandwerk in logische Schlussmuster zu pressen:

1. Modus (ponendo) Ponens #DieTapete

Prämisse1: Wenn ich heute tapeziere, dann benutze ich eine Tapezierbürste.

Prämisse2: Ich tapeziere heute.

Konklusion: Also benutze ich eine Tapezierbürste.

2. Modus (tollendo) Tollens #Grundierung

P1: Wenn die Oberfläche grundiert ist, dann trage ich die Farbe auf.

P2: Ich trage die Farbe nicht auf.

K: Die Oberfläche ist nicht grundiert.

Tobi meinte, er würde vielleicht noch ein Lehrbuch mit logischen Schlüssen für die Azubis in seinem Betrieb herausbringen.

Jetzt musste Delphine nur noch ein passendes Thema für Elenore, Esat und mich finden. Plötzlich erhellte ein Lächeln ihr Gesicht.

„Ich weiß! Beschäftigen Sie sich mit den Kuhn´schen Revolutionen und Paradigmenwechseln in der Wissenschaft. Ich glaube, das wird ihnen zusagen."

Daraufhin holte sie einen Text von Thomas Kuhn aus ihrer Mappe und überreichte ihn mir. Elenore und ich sollten das wohl lesen und es dann für Esat verständlich erklären. Es interessierte ihn durchaus, dass aufgrund von Unstimmigkeiten in der Wissenschaft ein altes wissenschaftliches Weltbild von einem neuen abgelöst werden konnte.

„Deshalb waren die Schulbücher immer so einseitig!", bemerkte er. „Diese Paradigmenwechsel wurden ja nie erwähnt, es wurde immer nur so getan, als würde das alles aufeinander aufbauen. Wahrscheinlich kam ich deshalb nicht mit dem Auswendiglernen klar, weil ich immer geahnt habe, dass es da Krisen zwischen den Experten gibt ... wozu heute lernen, was morgen ungültig sein kann?"

Luise und das Phantom stritten derweil über die Frage, welche Rolle künstliche Intelligenz in ihrer Einheitswissenschaft spielen sollte.

Delphine hatte Recht. Es tat gut, einmal etwas Logisches und Geordnetes zu lernen. Ich fühlte mich gleich viel vernünftiger, weil sich die Gespräche ausnahmsweise nicht um Literatur oder die Grenzen der Existenz drehten. Es war zwar ein bisschen langweilig, aber es kam mir wie eine sinnvolle Beschäftigung vor. Es entzog den Naturwissenschaftlern gewissermaßen die Grundlage, uns Philosophen auszulachen. Wir wurden fähig, ihre Methoden kritisch auseinander zu nehmen. Das redete ich mir jedenfalls ein. Und war dennoch heilfroh, als die Sitzung endlich beendet war, Delphine sich ins Haus zurückzog und das Phantom aufsprang und Protest anmeldete.

Juhu, es passierte wieder was!

„Nikodemos, ihr hattet doch gerade die Revolutionen in der Wissenschaft ...", sagte er langsam. Als er die allgemeine Aufmerksamkeit auf sich gezogen hatte, fuhr er fort: „Und ich muss sagen, es ist Zeit für eine kleine Revolte in dieser Gruppe. Manet meint es wohl gut mit uns, aber das hier ist echt die philosophische Vorschule. Wir müssen sehen, dass wir ein bisschen Schwung in diese Trauergesellschaft bringen, sonst dreh ich noch durch!"

Ich ließ mich schnell von seinem Eifer anstecken. Gerade hatte ich mich damit ausgesöhnt, dass dieser systematische Kram wohl zum Studium gehörte und so weiter. Aber dieser analytischen Sache hier fehlte wirklich ein wenig kontinentalphilosophischer Pepp.

„Gut, was ist der Plan?", rief ich dem Verschwörer zu.

Luise verdrehte die Augen. „Beim ersten Problem mit der Einheitswissenschaft gibst du auf? Das nenne ich unermüdlichen Forschergeist!", mit diesen Worten sammelte sie die

Mindmap auf, die sie angefertigt hatten und ging kopfschüttelnd ins Haus, während sie murmelte: „Deshalb setze *ich* mich ja auch für praktische Belange ein."

„Wir müssen Manet irgendwie dazu bringen, dass sie ihr Vorhaben bereut", begann Karl Sandemar zu erklären. „Dann wird sie die Gruppe sich selbst überlassen. Wir müssen sozusagen die Regierung stürzen, dann können wir unser eigenes Ding machen. Die Frage ist nur, wie wir sie schocken können. Wir brauchen was Postmodernes, sie hasst bestimmt mittlerweile den Poststrukturalismus, jedenfalls wenn sie in der Konstanzer Philosophie nicht verfolgt werden will. Vielleicht sollte ich mich als größter Fan von Foucault outen und alle möglichen Kategorien so lange hinterfragen, bis wir alles verwerfen müssen, was wir bisher für gültig hielten … dann kriegt sie sicher die Krise!"

Der Plan gefiel mir dann doch nicht. „Und du führst die Revolution natürlich an?", fragte ich den Möchtegern-Robbespierre, der gerade seine Schreckensherrschaft vorbereitete.

„Wer denn sonst?", fragte das Phantom verständnislos.

Die Maler wechselten einen vielsagenden Blick. Mir wurde so langsam klar, dass ich seinen Plan durch eine Konterrevolution durchkreuzen musste. Ich war hier immer noch Student und Mieter von Delphine Manet und würde nicht tatenlos dabei zusehen, wie jemand ihre Pläne sabotierte. Außerdem sollte Elenore nicht glauben, dass ich dem Phantom fraglos die Macht über die Therapiegruppe überlassen würde.

„Ich", sagte ich mit fester Stimme. „Wieso sollte es so offensichtlich sein, dass gerade du die Leute polarisierst? Sicherlich bin ich der bessere Revolutionär!"

Das Phantom funkelte mich böse an und wandte sich dann plötzlich an Elenore, die dem Geschehen verwundert zusah.

„Elenore, was sagst du? Wer ist der bessere Revolutionär?"

Sie blinzelte und stammelte. „W-weiß ich doch nicht …"

„Danke auch!", dachte ich erbost, als ich das gehässige Grinsen des Phantoms bemerkte. Hätte sie nicht einfach schnell für mich Partei ergreifen können?

„Dann sieht es wohl so aus, als müssten wir uns duellieren!", verkündigte Karl Sandemar enthusiastisch.

„Wo hast du diesmal wieder deinen Verstand verloren?", konterte ich.

„Das kenne ich aus der Welt des Theaters und ihr sicher aus euren Klassikern. Die Maler werden die Sekundanten. Luise könnte der Unparteiische sein. Elenore ist Zuschauerin", sagte er lässig. „Also, Nikodemos Haselhuhn – ich fordere dich zum Duell!"

Ich seufzte. „Ist dir wirklich so langweilig oder tust du nur so?"

„Es ist eine Frage der Ehre!"

„Wir haben nicht einmal Waffen."

„Ich besorge uns welche. Traust du mir das zu?"

„Ja, leider. Aber wollen wir uns wirklich mit Kugeln durchlöchern oder mit Säbeln durchbohren? Gibt es da nicht bessere Alternativen?"

„Die wären?"

„Wir beide sind Philosophen. Du bist Schauspieler, ich bin Dichter. Wäre es da nicht sinnvoller, uns mit den Waffen zu bekriegen, die uns vertraut sind?"

„Also?"

„Ein Wortgefecht!"

„Vorzüglich! Ein Wortduell. Luise sucht die Diskussionsfrage aus, die ist so ein Klughut. Elenore wird dem dramatischen Geschehen beiwohnen", erklärte er sich einverstanden.

Wir beschlossen, dass Wortgefecht direkt auszutragen. Tobi wurde mein Sekundant, Esat musste sich auf die Gegenseite schlagen. Elenore schlich zur Hauswand und rupfte ein bisschen Efeu von der Fassade. „Bekommt der Sieger. Lorbeer ist momentan schwieriger aufzutreiben", erklärte sie.

Ich warf einige Kiesel gegen Luises Fenster, die es nach einer Minute genervt öffnete. „Seid ihr immer noch hier?"

„Wir brauchen nur eine Diskussionsfrage!", ereiferte ich mich. „Es geht um meine Philosophenehre."

„Wieso ist bis heute der Nutzen von Philosophinnen und Philosophen für den Rest der Gesellschaft nicht geklärt?", schrie sie zu uns herunter und knallte dann das Fenster wieder zu.

Ich sah meinem Kontrahenten drohend in die Augen und er erwiderte spöttisch den Blick. „Los", meinte Elenore.

Das Duell verlief jämmerlich. Immer wenn ich eine These aufstellte, wurde ich vom Phantom unterbrochen. „Scheinproblem! Fehlschluss! Ungültiges Argument!", protestierte er, sobald ich etwas sagte. Die Sekundanten baten uns immer, einander ausreden zu lassen, aber wir hörten nicht auf die Maler.

Irgendwann fragte Karl Sandemar zögernd. „Wie war noch gleich die Diskussionsfrage?" Ich hielt in der Begründung eines komplizierten, gesellschaftspolitischen Sachverhalts inne. „Es … ging um Philosophen …"

„Und weiter?"

„Ähm …"

Wir sahen hilfesuchend zu Elenore. Die zuckte entschuldigend mit den Schultern. Die Maler waren bereits sehr gelangweilt von unserem unverständlichen Gelaber.

„Das Duell ist vorbei", entschied Tobi listig. „Ein philosophisches Wortgefecht ist dann vorbei, wenn die Kontrahenten die Fragestellung vergessen haben."

„Und wer hat gewonnen?", fragten das Phantom und ich gleichzeitig.

„Elenore verkündet den Sieger", entschied Esat.

Wir blickten gespannt auf Elenore. Sie sah zögernd zwischen uns hin und her, bis sie sagte: „Luise."

„Was?", rief das Phantom. „Das geht nicht!", beschwerte ich mich.

Elenore verschränkte trotzig die Arme. „Oh doch. Sie wollte schließlich nie die Gruppe hier aufrühren. Und dann hat sie euch mit ihrer Frage so sehr verwirrt, dass ihr am Ende nicht mehr wusstet, worum es ging. Das ist die einzige Leistung, die ich bei dieser Aktion beobachten konnte."

Tobi und Esat klatschten Beifall, als Elenore ins Haus lief, um die Siegerin über ihren Triumph zu informieren.

Sandemar und ich wechselten einen nachdenklichen Blick.

„Das gefällt mir nicht", gab Sandemar zu Bedenken. „Eine feministische Verschwörung ist im Gange. Warte drei Sekunden und sie haben das Patriarchat abgeschafft. Lasst uns sofort eine Burschenschaft gründen."

Ich fand, Elenore hatte das clever gelöst. So viel war mir auch nicht an einem Sieg bei einem idiotischen Wettkampf gelegen und es kam meinem Wunsch, die Gruppe zu bewahren doch sehr entgegen. Ich würde ganz sicher keine Burschenschaft mit dem Phantom gründen. Die Maler waren ähnlicher Ansicht.

„Nee, kann keine Hierarchie gebrauchen", sagte Esat mürrisch. „Ihr Bildungssnobs würdet uns Arbeiter ja doch nur herumkommandieren."

Karl raufte sich mit gespielter Verzweiflung die Haare. „Frauenrechte und Klassenkampf! Das wird ja immer schlimmer. In den guten alten Zeiten war das noch einfach. Es gab wenige freie Naturen und viele Sklavennaturen. Die Freien waren hochgebildete Männer, die Sklaven waren alle anderen. Klare Sache."

„Das war früher nicht so", widersprach ich. „Du plagiierst nur gerade eine abwegige Theorie von Aristoteles."

Das Phantom rang die Hände und rief mir melodramatisch zu: „Auch du, Brutus? Ich dachte wir Philosophen halten zusammen! Weh mir! Von Verrätern umzingelt!"

Dann brachen wir alle in schallendes Gelächter aus.

In diesem Moment liefen Elenore und Luise ebenfalls lachend in den Garten. In Luises blonder Kurzhaarfrisur hingen die Efeublätter. „Protokollant!", rief sie Tobi barsch zu. „Notiere, dass Elenore und ich gerade über das Theaterstück ´Die Menschenfeindin´ von Jewdokija Rostoptschina sprachen und sie mir zudem das Buch ´Das Gastmahl der Xanthippe´ von Delphica empfahl. Dann besteht Haselhuhns Biografie vielleicht doch noch den Bechdel-Test!"

„Toll! Ich bin ein enthusiastischer Anhänger des Feminismus", behauptete das Phantom mit einem breiten Grinsen.

„Aber vor fünf Minuten wolltest du noch eine Burschenschaft gründen", erinnerte Tobi den Identitätslosen.

Der winkte ab. „Ich nutze nur meine absolute Freiheit. Also kann ich meine Meinung jederzeit ändern."

„Du musst aber Verantwortung dafür übernehmen!", mahnte ich ihn, weil er Sartre zu frei auslegte.

„Immer doch", entgegnete das Phantom pikiert.

12

Das Bewusstsein der Fledermaus

Ich hatte den Fehler gemacht, im Internet über Sekten zu recherchieren. Über die modernen Mesmer-Anhänger hatte ich nichts gefunden. Dafür aber jede Menge Horrorstorys über Missbrauch, Massenselbstmorde und anderes Elend in verschiedenen Sekten. Statt wissenschaftlicher Fachartikel waren mir nur die reißerischen Schockreportagen untergekommen und ich wäre am liebsten auf der Stelle zu Elenore gefahren, um bei ihr zu sein und mich zu vergewissern, dass es ihr gut ging.

Ich ahnte, dass es in der Sekte ihres Vaters wohl nicht so übel zuging wie in den Extrembeispielen, jedenfalls wenn man ihren Aussagen glauben durfte. Aber ich hatte auf einmal das Gefühl, sie gar nicht mehr zu verstehen. Da waren wir uns endlich näher gekommen und schon hatte ich etwas erfahren, was uns wie ein Graben voneinander trennte.

Es war wie verhext mit ihr! Woher sollte ich denn wissen, wie sie sich fühlte? Jetzt machte ich mir Sorgen um sie und ärgerte mich, dass ich nicht schlau aus ihr wurde. Hätte ich sie bitten sollen, zu bleiben? Doch was weiter? Nichts war geklärt. Ich konnte mir gar nicht vorstellen, wie es war, die ganzen Teenagerjahre hindurch mit einer Sekte zu tun zu haben.

Ich hasste es, wenn ich etwas nicht verstehen konnte. Und wunderte mich, wie wenig wir doch über die Menschen wissen, die unser Denken und unsere Gefühle am stärksten beeinflussen. Es war gefährlich, weil man einfach nur irgendeinen Kram in sie hineininterpretierte, der aus den eigenen Eindrücken und Erfahrungen zusammengeschustert war.

Es klingt komisch, aber ich kam mir verraten vor. Ich hatte mir eingebildet, schon von Anfang an so viel über sie zu wissen, nur weil sie mich bei unseren ersten Begegnungen direkt in ihre psychischen Probleme und ihren Literaturgeschmack eingeweiht hatte und mir ihr Vertrauen anbot.

Und dann war mehr als ein halbes Jahr vergangen, in dem sie mir die wichtigste Information über sich vorenthielt.

Wichtig? Vielleicht war es ja nur mein Urteil, das die Sektengeschichte jetzt so aufbauschte. Vielleicht hatte sie wirklich nur eine junge Studentin mit einer eigenen Persönlichkeit und verschiedenen Interessen sein wollen, wie alle anderen.

Es war ungerecht von mir, sie auf diese dämliche Sekte zu reduzieren!

Es sei denn, die Kleine war raffiniert und hatte schon die ganze Zeit geplant, sich von irgendwem beim Ausstieg helfen zu lassen. War ich ihr nur zufällig gelegen gekommen?

Ach Quatsch, ich fühlte doch, dass sie mich wirklich mochte. Aber was sind Emotionen überhaupt, kann man ihnen trauen? Verdammte Philosophie – bring mich nicht um den gesunden Menschenverstand! Es frustrierte mich nur so, dass ich einfach nicht wissen konnte, was in Elenores Bewusstsein so abging.

Ich hätte jetzt wirklich gern so eine Bewusstseins-Tausch-Maschine gehabt, wie sie in philosophischen Gedankenexperimenten manchmal beschrieben wird. Wirklich? Belog ich mich gerade selbst, wenn ich behauptete, die Wahrheit kennen zu wollen? Bevorzugte ich nicht meine Illusionen über sie?

Es war einfach grausam, wenn das eigene Leben weiterging und einem immer philosophische Kommentare dazu einfielen. Hume meinte, dass der Verstand Sklave der Leidenschaften sei. Eine ziemlich umstrittene Behauptung, aber ich schien gerade der lebende Beweis zu sein, dass es so war. Ich wollte Elenore sehen und legte mir alles Mögliche zurecht, um diesen Wunsch vor mir selbst als vernünftig zu rechtfertigen, während mein Erinnerungsvermögen mich permanent mit dem Modell des Wollens erster und zweiter Stufe mobbte, von dem ich einmal in einer Vorlesung gehört hatte.

Ich war kurz davor einen Exorzisten zu verlangen, der mir die Philosophie austreiben sollte. Besser ein verliebter Trottel sein, der in sein Unglück rennt, als ein verliebter Trottel zu sein, der *weiß*, dass er in sein Unglück rennt, und das auch noch auf zehn unterschiedliche Weisen begründen und mit Zitaten belegen kann!

Ich hatte genug von dieser Existenz und beneidete plötzlich Menschen, die unter einem Gedächtnisverlust litten. Einfach neu anfangen. Nie wieder an die Philosophie denken, Elenore vergessen … eine neue Identität.

Doch was war das? Ich hörte mich ja schon an wie das Phantom. Das war auch so ein Grenzfall. Diese wandelnde Kontradiktion fing gerade an, mir sympathisch zu werden – aber was wusste ich schon von ihm?

Dass er einmal in Konstanz Philosophie studiert hatte, wegen einem Plagiat rausgeflogen war, eine Vorliebe für Schauspielerei hatte, als Touristenguide jobbte und viel mit Heidesand zu schaffen hatte. Eine namenlose Person ohne soziales Umfeld und ohne gesellschaftliche Verpflichtungen. Aber ich hatte mich inzwischen an seine Sprüche gewöhnt, ohne ihn würde etwas fehlen.

Ich hatte ihn an dem Tag, an dem wir die Fledermaus im Keller gefunden hatten, beinahe vermisst. Bei dem Treffen in der Woche nach unserem „Duell" hatte das Phantom nämlich gefehlt.

Es war ein regnerischer Tag gewesen, deshalb hatten wir uns in den Keller zurückgezogen. Dort hing eine Fledermaus von der Decke. Elenore erschrak erst darüber, aber dann fand sie das geflügelte Pelztier doch ganz süß.

Das Phantom ließ sich durch einen neongrünen Post-it Zettel entschuldigen, den es neben die Fledermaus an die Wand geklebt hatte: *Entschuldigt mein Ausbleiben, doch ich bin in wichtiger Mission unterwegs! Derweil könnt ihr doch eine Debatte über das Bewusstsein der Fledermaus führen, Nagel sei dank! Wollte das Tier beinahe als Brieffledermaus testen und ihm den Zettel um den Fuß binden, aber Luise wäre ausgerastet. Tierethik und so.*

Wir taten wie geheißen, so einflussreich war das Phantom. Delphine fasste uns den Inhalt von Nagels Essay über das Bewusstsein zusammen. Irgendwann kamen wir dann noch auf das Qualia-Problem zu sprechen und ich entwickelte plötzlich Bewusstsein für Fragen des Bewusstseins.

Es lohnt sich jedoch nicht, jede unserer Versammlungen akribisch zu beschreiben. Auf diesen kleinen Umweg in die Philosophie des Geistes folgte jedenfalls das, was mich so verzweifelt versuchen ließ, Elenore besser zu verstehen.

Die Maler waren bereits gegangen, Luise und Delphine hatten sich in ihre Zimmer zurückgezogen. Elenore und ich saßen allein im Existentialisten-Keller. Wissenschaftlicher Smalltalk über Fledermäuse und seichtes Gequatsche über eine gewisse Operette mit Fledermaus-Phantom.

Bis wir beide plötzlich im gleichen Moment verstummten und uns in die Augen sahen. „Das war schon verrückt neulich", hörte ich mich sagen.

Auf Elenores Gesicht schlich sich ein verklärtes Lächeln. Sie wusste genau, worauf ich hinauswollte.

„Ach Nick", sagte sie nur und es klang irgendwie nachsichtig. Wieso ausgerechnet nachsichtig? Ihr Tonfall verunsicherte mich.

Im nächsten Moment hörte ich ein Flattern, gefolgt vom Klicken eines Schalters. Dann herrschte die totale Finsternis.

Elenore stieß einen unterdrückten Schrei aus, fasste sich aber schnell wieder. „Stromausfall?", erklang ihre Stimme aus der Dunkelheit. Sie lachte nervös.

Ich stimmte in ihr Lachen ein. „Nee, die Fledermaus ist aufgewacht und hat das Licht ausgemacht. Wo bist du?"

Ich stand auf. Wir waren uns seit dem Treffen gegenüber gesessen. Ich hörte, wie sie ebenfalls vorsichtig aufstand und streckte daraufhin tastend meine Hände nach ihr aus. „Die Fledermaus schwirrt hier herum? Gruselige Vorstellung", kicherte sie nervös.

Meine Fingerspitzen streiften den weichen Stoff ihres Shirts und ich machte einen Schritt auf sie zu. Irgendein Gegenstand stand im Weg, ich stolperte darüber und verlor das Gleichgewicht. Elenore, die in dieser Sekunde meine Hand ergriffen hatte, wurde mit mir zu Boden gerissen. Ich landete unsanft auf dem harten Kellerboden, wurde aber für dieses Unglück dadurch entschädigt, dass Elenore auf mir landete.

Wir lachten. „Alles gut?", fragte sie zaghaft und rollte sich zur Seite, blieb aber dicht neben mir liegen.

Ich streckte den Arm nach ihr aus, fasste sie um die schlanke Taille und zog sie eng an mich. „Kein Problem, du bist ja noch leichter als die Fledermaus."

„Du bist kein Profi was galante Sprüche angeht", murmelte sie.

Unsere Lippen fanden sich im Dunkeln und wir küssten uns. Die Zeit schien still zu stehen. Wir blieben einen Moment regungslos liegen. Mein Herz klopfte wie wild und ich spürte durch den Stoff ihres Shirts, dass Elenores Herzschlag ebenfalls beschleunigt war.

„Hat dich nie jemand davor gewarnt, mit unheimlichen Typen in dunklen Kellern abzuhängen?", flüsterte ich ihr, in dem Versuch, gefährlich zu klingen, ins Ohr.

„Ich mache mir gerade mehr Sorgen um den Staub hier … möchte nicht wissen, wie unsere Klamotten aussehen müssen", mimte sie das anständige Mädchen.

„In diesem Fall sollten wir sie besser ausziehen", gab ich einen kecken Rat. Elenores Atem war schneller geworden und streifte für eine Sekunde mein Gesicht.

„Ein staubiger Kellerboden bleibt ein staubiger Kellerboden! Hast du kein Zimmer?"

Ich ließ meine Hände über ihren Rücken wandern. „Wie langweilig, keine besondere Vorliebe für Keller?"

Sie strich mir sanft über den Kopf und brachte meine unordentlichen Haare in noch größere Unordnung.

„So ein dummer Zufall, den Keller-Fetisch habe ich mir gerade durch eine komplizierte Therapie abgewöhnt. Führe mich jetzt nicht in Versuchung, wieder rückfällig zu werden!", raunte sie im Tonfall einer Jahrmarkts-Wahrsagerin und erhob sich langsam.

Ich nahm ihre Hand und wir standen auf.

Wir tasteten uns an den Möbeln entlang unseren Weg zur Kellertreppe. Die Tür war nicht abgeschlossen. Kein Filmklischee also.

Ich hielt inne. „Moment. Wollen wir nicht erst noch die Fledermaus retten? Ich wette, das arme Tier schwirrt hier orientierungslos in seinem Gefängnis herum …"

Elenore boxte mir zart gegen die Schulter. „Nein, wir retten jetzt bestimmt nicht die Fledermaus! Ich glaube, die Fledermaus hat gerade mehr Orientierung, als du jemals haben wirst, Nick!"

Ich schloss die Kellertür hinter uns und betätigte den Lichtschalter neben der Treppe. Wir blinzelten gequält vom gleißenden Licht „Okay, auf deine Verantwortung. Ich hoffe sie überlebt!"

Elenore winkte ab. „Luise wird ihr im Zweifel schon zu Hilfe eilen. Wir haben heute Abend Besseres zu tun", erklärte sie, als sie vor mir die Treppe hoch lief. Ich sprang ihr nach.

„Was meinst du denn mit besser? Was ist deine Definition des Guten?"

Sie antwortete nicht, bis wir auch die anderen Treppen bis zu meinem Zimmer erklommen hatten und eingetreten waren. Da wandte sie sich zu mir um, stellte sich auf die Zehenspitzen und schlang mir geheimnisvoll lächelnd die Arme um den Hals.

„Das, mein lieber Nick, lässt sich nun wirklich nur nonverbal definieren."

Ich muss zugeben, ihre Definition war wirklich vortrefflich … eine echte Wesensdefinition!

***

Auf einen schönen Abend folgten eine schöne Nacht und ein schöner Morgen.

Doch als Elenore mich verlassen hatte, setzten meine wohlbekannten Zweifel wieder ein. Jetzt war alles noch viel komplizierter geworden!

Das mit der Sekte behagte mir einfach nicht. Ich wollte Elenore deshalb auch nichts versprechen. Und ich kam mir vor wie ein blöder Egoist, weil es mir irgendwie nur darum ging, was ich selbst wollte. Ich wusste nicht, was sie sich vorstellte, wie es weitergehen sollte. Wir hatten geflissentlich alle verbindlichen Aussagen vermieden.

Ich las also diese Artikel über Sekten im Internet und steigerte mich in einen regelrechten Wahn hinein, dass sie mich bestimmt als Mittel zum höheren Zwecke ihrer Befreiung aus diesen heiklen Strukturen benutzen wollte. Nicht auf die berechnende Weise, aber vielleicht unbewusst. Irgendein impliziter Bewusstseinsvorgang, ein verdrängter Gedanke von dem sie selbst nicht wusste. In so einer Lebenssituation war das wohl eine natürliche Reaktion.

Oh Gott, dessen Existenz erst noch bewiesen werden muss, wie ich Elenore in diesem Moment psychologisierte, überbot den notorisch besorgten Nachbarn in Watzlawicks Geschichte „Der Hammer" um Längen!

In den folgenden Tagen antwortete ich nicht einmal auf ihre Nachrichten und ihren Anruf. Ich hasste mich dafür. Das Problem war nur, dass ich nicht wusste, was ich ihr sagen sollte. Ich wollte sie auf keinen Fall verlieren und fürchtete zugleich, dass alles andere in einer Katastrophe enden würde. Ich war ziemlich sicher, dass ich sie beleidigt hatte, indem ich mich nicht meldete. Bei dem nächsten Treffen der Therapiegruppe fehlte dann nicht nur das Phantom, sondern auch Elenore.

Das Phantom hatte uns ein Konzept für eine neue Serie namens „Epistemia" zukommen lassen.

Die Serie sollte in einer fiktiven Stadt namens Epistemia spielen, in der sich so ziemlich jedes Beispiel aus der Erkenntnistheorie abspielen würde, das im Lehrbuch stand. Die Grundstory war, dass die Einwohner der Stadt über so ziemlich alles getäuscht wurden, was sie für die Realität hielten. Das Phantom hatte eine Anmerkung gemacht, dass es allerdings keine Großstadt wie in „Matrix" war, sondern eine gemütliche, ländliche Gegend mit vielen Scheunen-Attrappen, einer Bibliothek (in welcher der Schurke Tom Grabit Bücher stahl), einem Wahrsager und einem Zoo mit Maultieren, die wie Zebras angemalt waren. Irgendwann würde die Protagonistin Mary ihren schwarz-weißen Raum verlassen, sich über die vielen Farben wundern und einen Wissenschaftler aus einer kontrafaktischen Welt kennenlernen.

Die Serie sollte möglichst verwirrend auf unsere Zielgruppe wirken, sodass sie nach der ersten Staffel alle Skeptiker*innen wären. In der zweiten Staffel würden wir das irgendwie entwirren und ihnen eine Wahrheit verkaufen, die uns in den Kram passte.

Niemanden überzeugte dieses Konzept besonders und wir beschlossen, zur Tagesordnung überzugehen.

Ich war in etwa so zurechnungsfähig wie ein Zombie. Luise musterte mich besorgt. Nur die Maler trieben die Logikstudien maßgeblich voran, indem sie eifrig Fragen zu Wahrheitswerttabellen stellten und später ihre Gedanken zu wissenschaftlichen Experimenten äußerten, die sie wohl allesamt aus Science-Fiction-Filmen entwendet hatten.

Luise fragte mich leise, ob alles in Ordnung sei. Ich versicherte ihr, dass ich okay sei und nur zu wenig geschlafen habe. Obwohl ich ihr vertraute, war sie nicht die erste Ansprechpartnerin meiner Wahl, wenn es um die Probleme mit Elenore ging. Eine gut gemeinte Moralpredigt konnte ich mir sparen.

Ich war nach dem Kurs noch im Keller. Meine Stimmung auch. Also saß ich dort allein und von der Welt verlassen. Es war mir ziemlich peinlich, als Delphine mich dort als ein heulendes Häuflein Elend auflas.

Dank dem ganzen Gender-Kram wird immerhin der Aberglaube relativiert, dass Männer niemals weinen (und wenn doch, sich zumindest nicht dabei erwischen lassen dürfen).

Meine Professorin lächelte gütig, strich mir kurz mitfühlend über den Rücken und entschied, dass ich jemanden zum Reden brauchte.

Dann verfrachtete sie mich umgehend in das Meersburger Restaurant „Zum lieben Augustin" wo sie mir einen ausgab und meine Geschichte hören wollte.

Sie bestellte (ohne mich zu fragen) ein Bier für mich und ein Glas Hagnauer Wein und einen Augustin-Salat für sich. Das war aber ziemlich induktiv von der großen Logikerin! Sie dachte wohl, dass alle Studenten Biertrinker sind. Ich war ein Student, also bestellte sie mir ein Bier. Dabei sagte sie doch selbst, dass wir bei induktiven Schlüssen aufpassen müssten und deduktive Schlüsse exakter seien. Aber da sie mir das Bier spendierte, verschwieg ich meinen Lifestyle als Tee-Kaffee- und Weintrinker.

„Wieso sind sie so niedergeschlagen?", fragte sie. „Weltschmerz oder Liebeskummer?"

„In gewisser Weise letzteres", gab ich zu. „Sie kennen doch Elenore. Können Sie sich vorstellen, dass es kompliziert ist? Für das, was sie schon alles durchgemacht hat, ist sie echt resilient."

Delphine nickte ernst. „Resilient? Unglaublich, wie der psychologische Jargon sich durchsetzt. Dass junge Kerle wie Sie ihre Liebste ausgerechnet als *resilient* bezeichnen … ich kann es mir vorstellen, dass Sie beide in eine nicht eben einfache Situation geraten sind. Sie sind nämlich auch kein einfacher Charakter, Nikodemos."

Ich sah sie mürrisch an und schwieg. Was sollte denn das jetzt heißen? Das brauchte man mir echt nicht zu sagen. In diesem Moment wurden die Getränke serviert.

Wir prosteten uns zu. „Auf bessere Zeiten", meinte ich.

„Wissen Sie, ich war auch einmal jung …", erklärte Delphine Manet und - schwupps – waren wir bei ihren Erinnerungen an die alten Zeiten im Pariser Studentenmilieu der ´68er-Generation.

Es ist unglaublich, wie ältere Leute anbieten, einem zuzuhören und sobald man einen Satz gesagt hat, plötzlich darauf kommen, dass sie auch einmal Anfang Zwanzig waren. Und ehe man sich versieht, erzählen sie ihre Lebensgeschichte und man nickt brav und sie haben schon vergessen, dass man sich in einer akuten Krise befindet.

So erging es mir auch mit Delphine. Ich erfuhr von einem Bernard, mit dem sie mal zusammen gewesen war. Keine feste Beziehung im heutigen Sinne, es war wohl das Zeitalter gewesen, in dem man zwischen freier Liebe und konservativen Heiratsplänen hin und her schwankte. Sie waren damals Mitglieder einer politischen Gruppe und dieser Bernard war offenbar ein Verehrer der schlagfertigen Studentin gewesen. Delphine hatte sich eine Weile auf ihn eingelassen, aber sie hatte sich Sorgen über seine zunehmende Radikalisierung gemacht. Er war ein selbsternannter Kommunist von der verbissenen Sorte geworden und redete immer öfter davon, dass Gewalt wohl ein unvermeidliches Mittel auf dem Weg zu einer besseren Welt sein würde.

Als bei der Eskalation der großen Proteste im Mai ´68 ein guter Freund von ihnen lebensgefährlich verletzt wurde, der nur knapp überlebte und Bernard sowie weitere Mitglieder ihrer Gruppe in diesen Tagen verhaftet wurden, beschloss Delphine, dass es so nicht weiter gehen konnte. Sie hatte genug von Barrikaden, brennenden Autos und Straßenschlachten mit der Polizei. Einen Monat später trennte sie sich von Bernard und stieg aus der Gruppe aus.

Daraufhin verfasste sie gemeinsam mit einer Freundin Essays für eine selbstgegründete feministische Zeitschrift.

„Und was ist aus Bernard geworden?", fragte ich.

„Tingelte erst mal durch Europa und stachelte seine Genossen zu noch mehr Protest an. Inzwischen ist er ein etablierter Politikwissenschaftler und gibt in allen möglichen französischen Talkshows seinen Senf dazu, egal worum es geht", erklärte sie und stieß erbost die Gabel in ihren Salat.

„Sie haben ihn nicht zum jährlichen Treffen eingeladen?"

„*Mon Dieu*, natürlich nicht! Dieser Abschnitt meines Lebens hat keine Repräsentanten bei den Treffen. Da lade ich nur die Existenzialisten und Anarchisten aus dem Jahr davor und die Feministinnen aus dem Folgejahr ein."

Ich neigte abwägend den Kopf. „Vielleicht sollten Sie es tun. Ich würde ihn gern kennenlernen. Was haben Sie zu verlieren? Vielleicht ist er ja ganz vernünftig inzwischen."

Delphine schnaubte. „Wenn es vernünftig ist, die Meinung jeder Lobbygruppe nachzuplappern, sofern sie großzügige Geschenke macht ... dann ist er wohl die Vernunft in Person."

Ich trank einen Schluck Bier und sah sie dann energisch an. „Vielleicht braucht er jemanden, der ihn an seine alten Ideale erinnert. Wenn er früher so radikal war und sich heute von den Mainstream-Medien bestechen lässt, dann fehlt es ihm wohl an Einsicht und Mäßigung. Einen Versuch wäre es wert. Mit uns jungen Leuten werden Sie schließlich auch fertig."

Sie zuckte die Schultern. „Ich werde es mir überlegen. Und Sie meinen, ich bringe Sie zur Vernunft? Mir scheint der Versuch mit der Therapiegruppe eher gescheitert zu sein. Aber es war nett, so viele junge Menschen um mich zu haben. Ich hatte ja nie Kinder, wissen Sie, deshalb bin ich auch so froh, dass Luise eine Weile bei mir wohnt …"

Es folgte die Geschichte, wie sie während ihrer Promotion beinahe einmal einen sehr vernünftigen und zuverlässigen Mann geheiratet hätte, aber sich dann doch für ihre akademische Karriere entschied. Er wollte unbedingt Kinder, aber es war für ihn selbstverständlich, dass sie sich schon darum kümmern würde, während er weiter seine Karriere an der Uni vorantrieb. Delphines gesamter Bekanntenkreis war entsetzt, als sie hörten, dass ihr Ausnahmetalent der Wissenschaft verloren gehen könnte.

„Das war in den frühen achtziger Jahren, ich war Anfang Dreißig", erklärte sie. „Heute wird ja immer so getan, als könnte man alles machen. Die Kinder in die KiTa stecken und im Home-Office arbeiten. Aber damals war das nicht so einfach, ich glaube, ich wäre auch nicht besser als Rousseau gewesen. Der hat seine Kinder nämlich ins Waisenhaus gebracht, weil sie zu laut schrien und ihn so vom Schreiben ablenkten. Weil ich eine gute Mutter sein wollte, zog ich es vor, überhaupt keine Mutter zu sein. Das passte dem Heiratskandidaten nicht und er suchte sich eine andere. Ich schrieb also stattdessen Abhandlungen über Themen, die laut Luise niemand versteht. Und hatte damit Erfolg."

Sie trank gedankenverloren einen Schluck Wein, so als müsste sie an die Möglichkeiten denken, die ihr im Leben entgangen waren.

„Aber wir reden ja nur von mir!", rief sie plötzlich erstaunt. „Was ist mit Ihnen, Nikodemos?"

Ich winkte ab. „Bin gerade dabei, eine Geschichte zu erleben, die ich meinen Studis später wehmütig erzählen kann, wenn ich ein weiser alter Prof bin."

Delphine lächelte nur über meine Dreistigkeit. „Wissen Sie, warum wir hier sind?"

Ich sah mich um und schüttelte den Kopf.

„Das Restaurant orientiert sich thematisch an einem Roman von Horst Wolfram Geißler, der am Bodensee spielt. Es geht um einen jungen Geigenbauer und Spieluhrenmacher namens Augustin und das Auf und Ab seines Lebens. Liebe, Leid und historische Ereignisse wie eine Begegnung mit Franz Anton Mesmer in Meersburg kommen darin vor. Immer wieder wird in dem Buch auf das bekannte Lied *O du lieber Augustin* Bezug genommen. In dem Lied geht es aber um einen Bänkelsänger, der während einer Pestepidemie fälschlich für tot gehalten wird. Die letzte Strophe, in der das vorkommt, wird aber meistens zensiert. Sie taucht so gut wie nie auf. Tja, und als ich Sie so resigniert im Keller entdeckte … irgendetwas muss mich wohl daran erinnert haben."

Ich ließ meinen Blick über die bunte Wandvertäfelung schweifen, die wohl Szenen aus dem Buch darstellte. Mesmer? Schon wieder? Und diesmal in irgendeinem Klassiker. Ich trank mehr Bier und summte das Lied vom lieben Augustin vor mich hin, dessen letzte Strophe ich in der Tat nicht kannte. *Geld ist weg, Mädl ist weg, alles weg, alles weg!* Doch ich hielt inne. Heureka! Von wegen alles hin!

„Oh du lieber Augustin, nichts ist hin!", jubelte ich, trank den letzten Schluck von meinem Bier und sprang auf.

„Hatten Sie eine Erkenntnis?", fragte Delphine neugierig.

Ich nickte heftig und rief ihr zu: „Ich muss los! Und danke vielmals, dass Sie mich eingeladen haben!", bevor ich aus dem Restaurant stürmte, mein Handy zückte und mit zitternden Fingern Elenores Nummer im Adressbuch antippte.

Es war einfach zu früh um was von wegen „Mädl weg" zu klagen.

Ich wusste immer noch nicht, was ich ihr sagen würde. Aber es war feige von mir, ihr auszuweichen. Ich musste mich zumindest direkt mit ihr auseinandersetzen, komme was wolle!

Auf den Anruf reagierte sie nicht. Enttäuscht ließ ich das Smartphone sinken. Aber es war immer noch zu früh für Gejammer.

Ich schrieb ihr eine Nachricht. *Verzeih die Funkstille. Wir müssen reden. Sofort.*

Einige Minuten später kam die Antwort: *Gut. Wann und wo?*

13

Eine Entführung?

Wir waren am nächsten Tag an der Bushaltestelle am Bodanplatz verabredet. Elenore war noch nicht da. Ich beobachtete das Geschehen. Menschen, die an der Ampel standen und die Straße überquerten. Busse, die hielten und losfuhren, Fahrgäste die ein- und ausstiegen. Keine Elenore.

Ich vertrieb mir die Zeit, indem ich ein bisschen in einer Zeitschrift las, die wohl jemand am nahegelegenen Kiosk gekauft und dann auf der Bank an der Haltestelle hatte liegen lassen. Dann legte ich die Zeitschrift wieder weg.

Es war so eine spirituelle Frauenzeitschrift, wie man glücklicher lebt und so weiter. Ich war zwar nicht gerade die Zielgruppe, aber was soll´s. Ein paar Sekunden später kam Elenore auf mich zu und blieb mit unbewegter Miene vor mir stehen. Ich wollte ihr noch vorschlagen, im Lago einen Kaffee zu trinken, aber sie kam sofort zur Sache.

„Unsere Beziehung wird nicht funktionieren. Das sehe ich jetzt schon. Lassen wir es", gab sie zu Bedenken, noch ehe wir uns wirklich begrüßt hatten.

Ich starrte sie fassungslos an. Was? Wieso sagte sie das? Falls das gesagt werden musste, war das schließlich mein Text!

Aber ich eroberte in Sekundenschnelle meine verlorene Fassung zurück. „Du hast völlig Recht", pflichtete ich ihr direkt bei.

Ihr Blick wechselte von ausdruckslos zu enttäuscht und ich beeilte mich, zu meiner geistreichen Begründung dieser Sachlage zu kommen. Die hatte ich nämlich der Zeitschrift zu verdanken. Ja, ich als Philosoph, der für jedes Problem immer mindestens zehn extrem widersprüchliche Denkansätze diverser Geisteswissenschaftler bereit hat. Doch die Buchbesprechung eines Zen-Ratgebers, die ich eben gelesen hatte, war wirklich nützlich. Ich hatte den Ansatz sofort mit meinen eigenen Gedanken verknüpft. Intuitiv wusste ich, was ich zu sagen hatte.

„Das ist aber nicht schlimm. Alles eine Frage der Perspektive. Du stellst also die Anforderung an Beziehungen, dass sie *funktionieren sollen*?"

Elenore sah skeptisch aus und nickte zaghaft.

„Ha! Erster Fehler!", triumphierte ich. „Beziehungen funktionieren nämlich nicht. Irgendetwas ist immer. Nenn mir ein Beispiel – außerhalb der Medien – das diese Behauptung widerlegt. Paare, die sich selbst einreden, alles sei perfekt, auch wenn sie es eigentlich besser wissen, zählen schon gar nicht."

Elenore schwieg, also konnte ich fortfahren: „Du hast ganz Recht mit deiner Behauptung, dass es nicht funktionieren wird. Aber du übersiehst, dass wir mit dem Problem nicht allein wären. Du wünscht dir etwas, was es auf der Welt nicht gibt. Wenn du unter ‚funktionieren' nämlich ‚glücklich machen' verstehst, dann kannst du ewig suchen. Menschen können andere Menschen nicht glücklich machen, sie können höchstens ihr Glück miteinander teilen – wenn sie bereits glücklich sind. Und Glück ist ein flüchtiges Ding, heute hier, morgen dort."

Sie setzte sich endlich neben mich. „Aber es gibt doch noch mehr als Glück. Was ist mit Vertrauen, Akzeptanz, Nähe?", begann Elenore ihre idealistische Aufzählung.

Auwei auwei, jetzt war ich gefordert! „Wenn man sich selbst nicht vertrauen kann, wie soll man dann anderen Menschen Vertrauen entgegen bringen? Wenn du dir aber selbst traust, dann kannst du wohl auch darauf vertrauen, dass du mir trauen kannst, weil du dann ja auch deinen Gefühlen für mich trauen kannst – warte, rede ich Blödsinn? Akzeptanz kannst du echt von niemandem verlangen, sie entsteht daraus, dass du dich selbst akzeptierst, keinen Anlass siehst, dich zu ändern und dann auch von anderen so respektiert wirst. So, was hatten wir noch? Nähe entsteht vor allem durch gemeinsame Zeit und Erfahrungen, darüber würde ich mir jetzt keine Sorgen machen. Es sei denn, es wird zu viel des Guten, dann kann die Nähe auch erdrückend wirken und es scheint nichts mehr zu funktionieren. Was ich dir sagen will, du solltest dir keine Checkliste mit lauter Erwartungen machen! So ist die Welt nicht, sie beugt sich nicht unseren Erwartungen. Hast du etwa auch eine Checkliste für den idealen Traumtypen?"

Elenore schnitt eine Grimasse. „Früher. Sehr viel früher. Bis mein Ex alle meine Hoffnungen auf die Existenz solcher Wundermenschen zerstört hat."

„Siehst du! Und jetzt würdest du dich sogar mit Typen wie mir abgeben, wären da nur nicht die gesellschaftlichen Empfehlungen an eine perfekte Beziehung. Wenn schon die Menschen selbst nicht perfekt sind, denken sie, soll wenigstens ihre Verbindung von überirdischer Glückseligkeit geprägt sein und perfekt funktionieren. Das sind aber alles nur subjektive, manchmal auch kollektive, Urteile und Meinungen, die im menschlichen Geist entstehen."

Elenore strich sich gedankenverloren die Haare aus der Stirn. „Wenn du das so sagst, hört sich das ja beinahe überzeugend an …"

„Überlege doch, was funktioniert in der Welt denn überhaupt?", rief ich heftig. „Was ist, wie es sein sollte? Regierungen? Nein, es gibt Aufstände. Maschinen? Nein, es gibt Ausfälle. Fußballspiele, Tanzaufführungen, Konzerte – überall gehen Dinge schief, obwohl eigentlich Perfektion erwartet wird …"

Wo war der Biograf, wenn man ihn brauchte? Tobi hätte diese Sternstunde der Philosophiegeschichte mitschreiben müssen, denn ich war gerade in Höchstform und hielt mich für überaus überzeugend.

„Mag ja sein", entgegnete Elenore im Tonfall des Widerspruchs. „Doch da gibt es ja wohl Abstufungen. Ich erwarte keine Perfektion. Aber ob etwas nicht funktioniert oder ob *nichts* funktioniert, das ist durchaus ein Unterschied!"

Ich wägte ihren Einwand rasch ab, bevor ich eiligst damit begann, ihn zu entkräften. Denn in dieser Auseinandersetzung hatte ich kein geringes Eigeninteresse an ihrer Niederlage. Jetzt, da sie wieder neben mir saß, wusste ich endlich, was ich wollte. Sekte hin oder her - die Welt war sowieso eine verrückte Einrichtung.

„Die *scheinbar* besser funktionieren!", korrigierte ich sie. „Denn wer legt denn eigentlich fest, wie eine gute Beziehung zu sein hat? Heute gibt es doch schon so viele verschiedene Beziehungsformen, da wird die Allgemeingültigkeit der Norm doch schon stark relativiert."

Elenore seufzte. „Ich schätze soziologisch gesehen wird das von der Gesellschaft definiert, in der man lebt. Die Werte sind wohl von sozialen Tatsachen geprägt, deshalb gibt es auch so große Unterschiede zwischen verschiedenen Kulturen und Epochen. So wird es sein."

„Genau", strahlte ich, da ich spürte, dass ich sie bald hatte, wo ich sie wollte. „Was wir unter einer funktionierenden, bereichernden Beziehung verstehen, ist relativ. Denn es hängt von relativen Faktoren ab. Und was relativ ist, ist nicht eindeutig wahr oder falsch. Was nicht falsch sein kann, kann auch nicht zu Fehlern führen. Wo war ich? Also unsere Beziehung wird kein Fehler sein, wenn man bedenkt, dass sie sowieso nicht funktionieren kann – und zwar – weil es gar nicht ums Funktionieren geht, sondern um …"

Ich wusste beim besten Willen nicht weiter und musste sie zu meiner Schande wohl hilfesuchend angesehen haben.

Elenore erbarmte sich der Haselhuhn´schen Sonderlogik und fügte ganz in meinem Sinne „Erkenntnisse über das Leben durch gemeinsame Erfahrungen" hinzu.

Ich grinste sie gerührt an. „Das hast du schön gesagt. Aber verwechsle das bloß nicht mit glücklichen Erfahrungen und erleuchtungsgleichen Erkenntnissen. Das wäre zu utopisch. Ich war früher total anfällig für Utopien, also verschone mich damit. Ich müsste sie dir noch glauben, nur weil du mich gerade mit einem deiner bezaubernden, tiefgründigen Blicke ansiehst!"

Ich hatte meine Rede beendet und wartete voller Unruhe auf ihre abschließende Reaktion auf mein gelehrtes Gelaber. Hatte ich sie nun überzeugt oder endgültig abgeschreckt? Würde sie in absehbarer Zeit mit einem gestöhnten „Nikodemos, das ist Determinismus!" in meine Arme sinken oder hatte ich ihr soeben den Anlass dazu gegeben, mich nie wieder eines Blickes zu würdigen?

Die Antwort war ein limettengrünes E-Auto mit Schweizer Kennzeichen (ein Honda, wenn ich mich nicht irrte) das geräuschlos neben uns an der Bushaltestelle hielt. Das Fenster wurde heruntergelassen und hinter dem Lenkrad blitzten die getönten Brillengläser Heidesands hervor, die farblich mit dem Wagen abgestimmt waren.

„Da werde ich ganz nostalgisch, wenn ich Sie hier so sehe! Studierende der philosophischen Fakultät. Uni Konstanz – das waren noch Zeiten!", sagte er mit einem seltsamen Lächeln und winkte uns freundlich zu.

Elenore war blass geworden und sah mich fragend an. „Cooles Auto", lobte ich das Retro-Design des kuriosen Fahrzeugs.

Heidesand nickte stolz. „Elektro-Autos sind die Zukunft. Lust auf eine Spritztour?"

Noch bevor ich wusste, was ich tat, war ich in den Wagen des verwirrten Professors geklettert. Ein weiteres Abenteuer würde Elenore und mir in dieser kritischen Phase ganz gut tun und ihr zusätzliche Bedenkzeit verschaffen. Sonst konnte jeden Moment alles vorbei sein.

Ich sah sie auffordernd an und hoffte inständig, dass sie mir folgen würde. Denn ich legte wenig Wert darauf, vom Lieblingsprof des Phantoms allein durch die Gegend kutschiert zu werden.

Elenore gab sich einen Ruck und setzte sich neben mich auf die Rückbank des neuen Fahrzeugs. Ich war gleichermaßen entzückt und entsetzt über diese unerwartete Wendung. Höhere Gewalt! Nicht schlecht. Vielleicht würden die Umstände für mich arbeiten. Erst als wir losfuhren, dämmerte es mir, dass ich wohl meinen Verstand durch dieses Mädchen verloren haben musste. Ich ließ mich bereitwillig entführen, nur weil sie dabei war?

Denn dass es sich um eine Entführung handelte, war offensichtlich. Zumindest verfolgte Heidesand einen Plan, sonst würde er sich nicht wieder mit uns abgeben. Er schwieg nämlich, war also nicht gerade in Plauderlaune, wie man es von einem Prof erwarten würde, der ehemalige Studenten in der Stadt herumfährt. Es musste schlimm um mich stehen, dass ich das nicht realisiert hatte.

Heidesand schaltete das Autoradio ein.

Es kam „Something's Gotten Hold Of My Heart" in der bekannten Version aus den 80er Jahren von Marc Almond und Gene Pitney. Der romantische, etwas düstere Song in Kombination mit Heidesands Fahrstil brachten mich auf seltsame Gedanken.

Ich legte vorsichtig einen Arm um Elenore. Sie ließ mich gewähren, lehnte dann sogar ihren Kopf an meine Schulter. Nein wirklich, die Art wie Heidesand mit dem armen Elektroauto durch die Gegend sauste und jegliche Geschwindigkeitsbegrenzung ignorierte, machte mir mehr Sorgen, als die Tatsache, dass er uns kidnappte. Was, wenn er einen Flashback von seinen Drogenexperimenten hatte? Camus war bei einem absurden Autounfall ums Leben gekommen, ich wäre also nicht der erste Philosoph mit diesem Schicksal.

Andererseits – Elenore war bei mir und unsere Geschichte war schon tragisch genug. Würde sie noch ein tragisches Ende nehmen, weil ein drogenkonsumierender Professor, der uns gerade entführen wollte, uns mit einem ungeschickten Fahrmanöver ins (unter Umständen vorhandene) Jenseits beförderte, dann würde sich das Phantom vielleicht eines Tages erbarmen, einen Spielfilm über uns zu drehen. Oder ein Theaterstück.

Die Tragödie müsste darin bestehen, dass zwar Elenore und ich, nicht aber der Prof dran glauben müssten. Das würde Anlass zu einem gramvollen Schlussmonolog Heidesands geben, der am Tod des jungen Liebespaars Schuld war!

„Woran denkst du?", flüsterte Elenore mir ins Ohr. Ich streichelte ihr über den Kopf und ließ meine Finger langsam durch ihr langes Haar wandern.

„Ob wir unsterblich werden, weil jemand ein Theaterstück über unseren tragischen Unfalltod schreibt", murmelte ich und gab ihr einen Kuss auf die Wange.

Heidesands Raserei, die weder Rücksicht auf rote Ampeln noch auf den Gegenverkehr nahm, war selbsterklärend. Statt einer Antwort nahm Elenore meine Hand.

Eine Sekunde später machte der Wagen einen so gewaltigen Ruck, dass ich wirklich dankbar für die Erfindung des Sicherheitsgurts war. Das Radioprogramm wechselte in diesem Moment passenderweise zu „Help!" von den Beatles. „Nicht turteln, aussteigen!", befahl Heidesand in barschem Ton und sprang aus dem Wagen. Wir waren da? Und lebten? Kaum zu glauben!

14

Heidesands Welt

Vielleicht hätten wir einen Fluchtversuch starten sollen, sobald wir ausgestiegen waren. Aber einfach abhauen war nicht der Stil von neugierigen Philosophiedetektiven. Außerdem hatte uns Heidesand in eine abgelegene Gegend gebracht. Sein Haus befand sich dort.

Elenore bewunderte die lilafarbenen Kletterrosen, die sich um einen Gartenbogen vor dem Haus rankten. Es war eine alte Villa mit Erkerzimmer, mitten in der Landschaft. Ein irritierender Anblick. Ich kam mir vor wie in einem historischen Mystery-Thriller, in dem grüne E-Autos vorkommen.

Der Professor führte uns ins Innere des historischen Gebäudes und wir sahen uns beklommen um.

Er brachte uns in ein Turmzimmer, das mit Büchern vollgestopft war. An der Wand stand ein antiker Sekretär und in der Mitte des Raums befand sich ein massiver Holzschreibtisch mit unzähligen Schubfächern.

Die Tischplatte war vor lauter Büchern und Papieren schon nicht mehr zu sehen. Ich fragte mich, was er in den Schubladen wohl so alles aufbewahrte ...

Außerdem gab es einen altmodischen Wandschrank mit eingebauter Glasvitrine, hinter der sich indische Götterstatuen und afrikanische Masken befanden, die sich wohl besser woanders befunden hätten, als in Heidesands Gruselvilla. An der Wand hing nur ein Bild. Es war eine Kopie von Goyas berühmter Radierung „Der Traum der Vernunft gebiert Ungeheuer".

In einer Ecke stand ein Schaukelstuhl. Durch das kleine Buntglasfenster fiel nur spärliches Licht. Er schaltete die Deckenleuchte an und es wurde etwas heller.

In diesem Moment wurden meine Betrachtungen des Zimmers von einem seltsamem Tier abgelenkt, das sich gerade von einem weinroten Kissen neben dem Schaukelstuhl erhoben hatte und nun ins Licht trat. Ich zuckte zusammen und trat einen Schritt zurück.

„Ein Luchs!", rief ich erschrocken.

„Ach Quatsch, das ist nur eine große Katze", belehrte Elenore mich gelassen. Sie schien sich nicht vor dem großen Raubtier zu fürchten.

„Aber es sieht genau so aus, wie das Tier da rechts unten in der Ecke", rechtfertigte ich mich und zeigte auf das Bild an der Wand. „Viel zu groß für eine Katze, flauschig und es hat Haarpinsel oben an den Ohren. Heidesand hat einen Luchs!"

Der Prof, der hinter uns stand, räusperte sich. „Wenn ich auch etwas dazu sagen dürfte … Hypatia ist eine reinrassige Maine Coon, sie gehören zu den größten Katzen der Welt."

„Oh", sagte ich erstaunt und musterte die überdimensionale Katze misstrauisch. So ganz geheuer war mir das Tier nicht.

Hypatia stolzierte samtpfötig auf Elenore zu und strich ihr schnurrend um die Beine. Heidesands Miene wurde nachdenklich. Vielleicht passte es ihm nicht in den Kram, dass sein Haustier seine Entführungsopfer leiden konnte. Mir warf die Katze jedoch nur einen scheelen Blick zu und beschloss dann, dass ich ihrer Aufmerksamkeit nicht würdig sei. Wahrscheinlich war sie beleidigt, dass ich sie für einen Luchs gehalten hatte.

In diesem Moment verkündete Heidesand: „Wollen Sie Tee? Haben Sie einen Moment Geduld, ich gehe nur schnell in die Küche …", damit verließ er den Raum und ließ uns mit Hypatia zurück.

Er schloss die Tür und ich hörte wie ein Schlüssel im Schloss umgedreht wurde.

Wir eilten reflexartig zurück zur Tür, doch der Prof rief von draußen: „Keine Sorge, ich muss abschließen, damit Hypatia nicht abhaut. Sie kann Türen öffnen, wissen Sie? Das Leben ihrer Namensvetterin, der griechischen Mathematikerin, Astronomin und Philosophin Hypatia von Alexandria, nahm ein tragisches Ende. Ich will verhindern, dass es meiner Katze auch so ergeht."

Elenore und ich sahen uns an. „Ich habe kein gutes Gefühl bei der Sache", stellte sie fest und bückte sich dann, um Hypatia zu streicheln. „Wollte Delphine uns nicht von unserer Spinnerei heilen? Und was tun wir? Wir stürzen uns auf das nächstbeste Abenteuer, das sich uns bietet. Meinst du, er kommt wieder?"

„Hätte nichts dagegen, wenn er eine ganze Weile wegbleibt!", grinste ich und zwinkerte Elenore schelmisch zu.

„Oh Nikodemos, auf was für Ideen du schon wieder kommst", sagte sie kopfschüttelnd.

Ich lief durch den Raum und blieb vor dem Goya-Bild stehen. „Wenn Hypatia eine Maine Coon ist, dann ist das hier aber auch eine. Wahrscheinlich war das den Kunstkennern nur nie bewusst."

Noch bevor ich die Bücher auf dem Schreibtisch in Augenschein nehmen konnte, kehrte Heidesand mit einer Kanne Tee zurück. Vielleicht war es doch keine Entführung. Vielleicht hatte Delphine Recht, indem sie meine Eignung als Detektiv in Frage stellte. Ich war eben doch der Don Quixote des Kriminalromans, weil ich mich für Sherlock hielt und deshalb überall Fälle entdeckte, wo keine waren. Dem Professor war nur langweilig geworden und wir waren eine willkommene Abwechslung zu seinen Studien und seinen

Drogentrips im Namen der Wissenschaft. So musste es sein. Er bot Elenore den Schreibtischstuhl an und zog für mich den Holzstuhl heran, der vor dem Sekretär stand.

„Wie kommen Sie im Studium voran?", fragte er als er uns den Tee einschenkte.

„Es ist eine Herausforderung", gab ich zu.

Hilfe, das Studium gab es ja auch noch! Credits! Wann waren nochmal die Prüfungen? Würde ich Sven wieder um die Vorlesungsprotokolle anpumpen können? Im späteren Leben würde ich mich natürlich großzügig bei meinem Kommilitonen dafür revanchieren, sobald der Name Nikodemos Haselhuhn für sich sprach. Zurzeit konnte ich nur auf sein Mitleid hoffen.

„Sie müssen aufpassen, dass Sie nicht der Bodenseefaulheit erliegen, Herr Haselhuhn!", ermahnte mich Heidesand und nahm mit der Teetasse in der Hand im Schaukelstuhl Platz.

„Was?", fragte ich und starrte ihn perplex an.

„Der dänische Schriftsteller Martin Andersen Nexö hat das Klima am Bodensee dafür verantwortlich gemacht, den Kulturschaffenden in der Gegend die Energie zu rauben. Die Bodenseefaulheit eben", erklärte Heidesand.

Elenore und ich sahen uns vielsagend an. „Deshalb wird das mit dem Studium nichts!", rief ich. „Wir sind nur Opfer der Bodenseefaulheit, wir können nichts dafür … wir sind lediglich meteorologischen Bedingungen unterworfen, wenn wir zu wenig lernen."

Heidesand rückte seine Brille zurecht. „Sie sollten nicht jeden Mythos glauben. Der Philosoph Walter Menzl wollte schließlich in Überlingen eine Eliteakademie für Philosophen gründen."

„Wahrscheinlich ist sein Plan an der Bodenseefaulheit gescheitert", erklärte ich. Das Wort gefiel mir.

„Seine Zeitgenossen waren einfach noch nicht reif dafür. Aber die Welt hat sich seitdem geändert. Es ist Zeit für eine Neuauflage der Totalschau des Universums. Ich war nah dran, habe mit diversen Methoden den Bruchteil eines Einblicks in die Zusammenhänge des großen Ganzen erhalten. Aber es fehlt noch an der Theorie. Ich bin auf eine Spur gekommen. Vielleicht war Menzl nicht zufällig am Bodensee. Ich habe ein Manuskript entdeckt, in dem er Recherchen über die Werke Fritz Mauthners und dessen Frau Harriet Straub, auch unter dem Namen Hedwig Mauthner bekannt, erwähnt. Ich bin der Meinung, dass es da eine Verbindung gibt. Mauthner hat schließlich Theorien Einsteins auf die Sprachphilosophie übertragen und dabei psychologische Phänomene betont, das muss wohl eine Rolle für die Totalschau des Universums spielen. Es scheint relevant für die Aufhebung der Illusion der Personengrenzen zu sein. Die Mauthners haben sich - wie Schopenhauer übrigens - mit dem Buddhismus und indischer Philosophie auseinandergesetzt. Menzl scheint auf diese Gedanken zurückgegriffen zu haben und von Theorien zur Wiedergeburt beeinflusst gewesen zu sein. Aber es gibt noch einen anderen Ansatz, den ich bei Mauthner und später bei Menzl entdeckt habe: die psychologische Dimension, die unsichtbaren Kräfte … ich bin mir sicher, das geht auf Mesmer zurück!", schilderte Heidesand uns ungefragt seine wirren Forschungsergebnisse.

„Was für ein Tee ist das?", lenkte Elenore ihn ab. Sie wollte wohl verhindern, dass das Gespräch auf Mesmer gelenkt wurde.

„Konstanzer Nebelfeger. Erfrischt den Geist und hilft gegen die Bodenseefaulheit."

„Schmeckt gut."

„Gibt es im Teehaus am Schnetztor. Wo war ich stehen geblieben? Ach richtig, bei den Philosophen. Wenn ich die Bezüge der M und Ms im richtigen Kontext zueinander interpretieren könnte, würde ich vielleicht eine völlig neue Einsicht in das bekommen, was die Welt im Innersten zusammenhält. Ich habe vor, die Suprema-Akademie zu erneuern. Menzl hat sich mit seinem Anschlag auf das Gemälde einfach zu ungeschickt angestellt und wurde für verrückt erklärt. Sein philosophisches Werk geriet dabei in den Hintergrund. Ich vermute, dass er revolutionäre Erkenntnisse über Wahrheit und Wirklichkeit hatte, die uns zu der Wesensdefinition des Wissens führen könnten. Das geht aber nicht ohne die Mauthners und Mesmer, weil sonst seine Gedanken nicht mehr nachvollziehbar sind. Das weiß bisher nur noch niemand. Sehen Sie, deshalb ist es wichtig, dass Sie immer alle Quellen angeben, die Sie benutzen. Sonst ist es für die Historiker später nicht mehr nachvollziehbar, wo sie abgeschrieben haben und es fehlen wichtige Bezüge. Wenn sich das aus meinen Recherchen ergibt, was ich vermute, dann wird es der Grundstein für meine mächtige Philosophenelite. Wollen Sie dabei sein?"

Schon wieder so ein Angebot. Vor einem halben Jahr hatte er mich noch zu einem Detektiv ausbilden wollen, weil das angeblich die Zukunft der Philosophie war. Und jetzt die Weltherrschaft. Ehrgeizige Pläne hatte der Mann. Das klang so ziemlich nach dem, was das Phantom mir erzählt hatte. Wie diese Verschwörungstheorie, um mich für Erkenntnistheorie zu motivieren. Über die Leute, die anderen das Wissen vorenthielten. Nur war es mit diesem Geheimbund noch nicht ganz so weit wie in Sandemars Erzählung. Die Verschwörung steckte gewissermaßen noch in der Planungsphase.

„Ich weiß wer Sie sind, Elenore Rosemary Maurus. Ihr Vater ist Doktor Maurus, der Mesmer-Experte. Sagen wir, ich habe wenig Interesse daran, Mitglied einer Sekte zu werden und nur Einblick in zweitklassige überteuerte Schriften zu erhalten. Aber mir ist zu Ohren gekommen, dass es da auch ein nettes kleines Archiv mit originalen Mesmer-Schriften gibt. Sie haben doch sicher Zugang? Wer sich auf Mesmer allein konzentriert, tappt im Dunkeln. Aber wer Mesmer mit Menzl und Mauthner kombiniert … es ist zum Nutzen aller Beteiligten. Sie wollen doch wohl nicht ewig in dieser Sekte festhängen. Und ihr Vater wird einsehen, dass es bei meinen Forschungen mehr zu gewinnen gibt, als bei seinem Guru-Kult. Stichhaltige wissenschaftliche Ergebnisse!"

„Ich vertraue Ihnen nicht", erklärte Elenore geradeheraus. „Und selbst wenn, dann habe ich noch nie von diesem Archiv gehört. Außerdem habe ich seit über einem Monat keinen Kontakt mehr zu ihm."

Heidesand wirkte verstimmt. „Das lässt sich ändern", sagte er.

Elenore schüttelte den Kopf. „Was Sie Nikodemos im ersten Semester angetan haben, spricht eindeutig gegen Sie. Wenn es Ihrer Wahrheitssuche dient, schrecken Sie doch vor nichts zurück! Glauben Sie mir, ich hatte mehr als genug mit solchen Fanatikern wie Ihnen zu tun, ich kenne mich aus." Ich sah Elenore verblüfft an. So provokant war sie sonst nie.

„Schade", sagte Heidesand und trank seinen Tee aus. Dann stand er langsam auf und ging zur Tür. „Ich habe nur eine kleine Erledigung zu machen und komme in einer Stunde wieder. Solange können Sie es sich ja noch überlegen. Ein alter Bekannter wird Ihnen in der Zwischenzeit Gesellschaft leisten."

Er verließ den Raum und Karl Sandemar trat mit einem merkwürdigen Lächeln ein. Er schloss leise die Tür hinter sich und ich hörte, wie draußen wieder abgeschlossen wurde. Wegen der Katze. Ja, klar.

15

Der philosophische Spion

Das Phantom trug heute eine schicke schwarze Weste, eine dunkle Sonnenbrille und hatte sich die dunklen Haare platinblond gefärbt und zu einer Retro-Tolle gestylt.

„Ihr hier und nicht in der Schule von Athen?", begrüßte er uns mit einer Anspielung auf das berühmte Raffael-Gemälde.

Mir war nicht nach Scherzen zumute. „Hast du uns verraten?", schleuderte ich ihm entgegen und sprang mit geballten Fäusten auf ihn zu, weil er hier mit so einer gelassenen Selbstverständlichkeit hereinspazierte, die kaum auszuhalten war.

Karl Sandemar hob beschwichtigend die Hände. „Kein Stress, Mann. Alles easy. Ich bin auf eurer Seite", versicherte er uns und ließ sich in den Schaukelstuhl fallen. „Das darf er nur nicht wissen. Wenn man so will, bin ich eine Art Doppelspion. Und da ich sowieso meine eigenen Pläne verfolge, kann ich euch auch genau so gut helfen. Ihr steht mir dabei keineswegs im Weg."

„Dann bring uns hier raus", knurrte ich ungehalten. Er konnte noch so viele Theorien darüber vertreten, warum die personale Identität nicht existiert, wenn er ein boshafter Charakter war, dann würde er es wohl bis in alle Ewigkeit bleiben. Ich hatte ihm eine zweite Chance gegeben, aber dieses Phantom schien sie nicht genutzt zu haben.

„Kein Witz, ihr könnt mir vertrauen", fuhr Karl fort. „Aber ich muss vorsichtig vorgehen. Ich kann jetzt nicht einfach mit euch abhauen, das fällt auf. Elenore, an deiner Stelle würde ich schnell etwas unternehmen. Ich bin nicht in den ganzen Plan eingeweiht, aber ich schätze, er wird deinen Vater erpressen. Er will schließlich diese seltenen Dokumente von Mesmer. Ich glaube, das ist Zeitverschwendung. Er hat alles, was er braucht, nur checkt er die Zusammenhänge nicht. Vielleicht waren die Selbstversuche zur Bewusstseinserweiterung nicht gut für das klare Denken, er übersieht die entscheidenden Punkte. Also falls er jetzt einen Sektenchef damit erpresst, dass er dessen Tochter entführt hat und als Lösegeld die Aufzeichnungen von Mesmer fordert, dann ist ihm echt nicht mehr zu helfen!"

Elenore sah ihn panisch an. „Ja und jetzt? Er darf ihn nicht erpressen, ich will nicht zurück in die Sekte! Was soll ich tun?"

Das Phantom schaukelte lässig vor und zurück. „Hat er euch die Handys abgenommen? Ich wette, das hat er vergessen."

Ich konnte es nicht fassen, er hatte Recht! Wieso waren wir darauf nicht gekommen? Elenore hatte sofort ihr Smartphone gezückt und tippte irgendetwas ein. „Hier ist doch bestimmt kein Empfang", sagte ich abwehrend und zog mein Handy ebenfalls aus der Tasche. Das Netz war besser als angenommen.

„Ruf den Klughut an. Sie soll Delphine und die Maler mitbringen, ich gebe ihnen dann die Koordinaten durch", ordnete das Phantom an.

Ich tat wie geheißen und reichte ihm zögernd das Handy. Nach einer kurzen Diskussion und einer Wegbeschreibung legte er auf. Elenore war immer noch mit ihrem Handy beschäftigt und ich wollte gerade fragen, wem sie schrieb, da begann das Phantom mit Erklärungen.

„Anfangs sollte ich nur manchmal seine Katze füttern, wenn er mal wieder neben sich stand. Aber dann hat Heidesand mich nach und nach in seinen neuesten Plan eingeweiht. Die Villa hier ist eine Ferienwohnung, die er für seine Studien gemietet hat. Das hat mich zu den Fremdenführungen über die Philosophie am Bodensee inspiriert. Sein Ansatz ist nicht ganz verkehrt, aber er wird nie das Ziel erreichen, das er anstrebt. Ich werde seine Pläne sabotieren, um ihn vor sich selbst und die Welt vor seinen Spinnereien zu schützen."

„Und woher wisst ihr, dass ich …", fragte Elenore ohne vom Bildschirm ihres Smartphones aufzuschauen.

„Ein paar Hackerkenntnisse und die Sache ist geregelt. Hat dein Dad keine IT-Profis in seiner Sekte?", antwortete das Phantom spöttisch.

„Offiziell verwenden wir gar kein Internet, wegen der Veränderung des Magnetfelds …", entgegnete sie.

„Tja, dann sollte er bei der inoffiziellen Verwendung besser aufpassen", urteilte Karl fachmännisch. „Es war übrigens ein spontaner Beschluss von Heidesand, euch hierher zu bringen. Wärt ihr nicht so dumm an der Straße herumgestanden, wäre er gar nicht auf die Idee mit der Entführung gekommen."

„Wann hat er dir das erzählt?", fragte ich skeptisch.

„Als er den Tee gemacht hat. Ich war gerade in der Stube unten. Ach übrigens, ich wohne hier vorübergehend."

„Echt jetzt?", fragte ich.

Sandemar sah mich über den Rand seiner Sonnenbrille böse an. „Ist ja nicht so, als ob ich hier der Einzige wäre, der bei einem Prof wohnt … Heidesand hat panische Angst vor Einbrechern, die ihm seine Notizen klauen könnten. Und er leidet unter so einem Wahn, dass seine Katze entwischt. Also bin ich hier und sorge für Ordnung. Deshalb konnte ich auch nicht bei den letzten Gruppentreffen dabei sein.

Habe ich was verpasst oder war es langweilig wie immer? Wie hat euch *Epistemia* gefallen? Das wird die Kultserie des Jahres, ich sag´s euch!"

Ich antwortete nicht.

Die ganze Entführung hier kam mir plötzlich vor wie eine Szene aus einem James-Bond-Film. Ein kriminelles Genie mit einer flauschigen Katze, ein Doppelspion und eine hübsche junge Frau, die aufgrund ihrer Familienangelegenheiten in die Sache verwickelt war. Leider kam ich mir nicht gerade wie James Bond vor, sondern eher wie ein teilnehmender Beobachter.

Das Phantom schien einen ähnlichen Gedanken zu haben. Es nahm seine Sonnenbrille ab und betrachtete sie nachdenklich.

„Wisst ihr, so langsam bin ich diese ganze Philosophen-Show leid. Die ganze Zeit muss ich eine Show abziehen, um überlegen und geheimnisvoll zu wirken. Immer Sprüche klopfen. Am liebsten würde ich jetzt einfach mal nur über das Wetter oder über Fußball reden oder über eine Castingshow lästern. Oder einfach nur die Wand anstarren."

Das kam etwas überraschend. „Warum denn nicht?", sagte Elenore lächelnd.

„Ja, das wäre wirklich erholsam. Aber erst, wenn wir hier raus sind!", pflichtete ich ihnen rasch bei.

Das Phantom sah uns zweifelnd an. „Aber würdet ihr mich dann noch respektieren?"

Elenore sah verwundert aus. „Auf jeden Fall!", rief sie überschwänglich und ich fügte hinzu: „Vielleicht würden wir dich dann sogar mögen."

Elenore stieß mir ungehalten einen Ellenbogen in die Rippen. „Also echt, Nick", tadelte sie mich und sagte an das

Phantom gewandt: „Wir mögen dich jetzt schon, egal ob du ein Phantom bist oder nicht. Nick ist nur so ein hätte-würde-könnte-Rhetor. Ich bin mir sicher, ihr werdet euch eines Tages bestens verstehen."

„Nur, wenn das hier wirklich keine Falle ist", grummelte ich.

Das Phantom strahlte über das ganze Gesicht. „Ich bin gerührt, Leute! Ich bereue wirklich nicht, dass ich als cleverer Doppelspion einen Hilfstrupp zu eurer Rettung engagiert habe. Laufen lassen kann ich euch nicht. Aber wenn die Maler, Luise der Klughut und Professorin Manet mich zu Viert überwältigen und euch zur Flucht verhelfen, kann der Prof wohl schlecht sagen, ich wäre ein nutzloser Wärter. Vier gegen einen und da seid ihr als Gegner ja noch gar nicht mitgezählt! Meine Niederlage ist vorprogrammiert."

Elenore sprang plötzlich auf, lief zum Phantom im Schaukelstuhl und umarmte ihn in einem Ausbruch spontaner Dankbarkeit. „Du bist ein Genie!", jubelte sie, ließ ihn aber sofort wieder los, als sie sein triumphierendes Grinsen und meinen finsteren Blick bemerkte. Sie hüpfte fröhlich zu mir zurück und ergriff meine Hände. „Du natürlich auch Nick, du bist auch ein Genie!"

Hypatia maunzte ungehalten und Elenore ließ meine Hände los, um leichtfüßig auf die riesige alte Katze zu zutänzeln. Sie ließ sich neben ihr auf den Boden sinken und kraulte ihr das flauschige Fell, während sie gurrte: „Ja Hypatia, du bist natürlich immer noch das größte Genie hier, du brillante Flauschkugel, du!"

Die Maine Coon schnurrte wie eine Motorsäge und sah mich mit halb geschlossenen Augen schadenfroh an. Ich schoss ein Foto mit meinem Handy.

„Göttlich!", rief ich aus und Elenore lachte.

Erst Stunden später verstand ich, warum sie plötzlich so aufgekratzt gewesen war und mit überzogener Fröhlichkeit herumwuselte. Einen Anlass hatte sie augenscheinlich nicht dazu, wenn Heidesand gerade ein Erpressungsschreiben an ihren Vater verfasste. Und noch waren wir nicht gerettet. Sandemar lief umher und packte einige Bücher in einen Jutebeutel.

Als er fertig war, übergab er Elenore die Tasche: „Hier, Heidesands heiliger Gral. Musst du für mich aus dem Haus schmuggeln und mir später aushändigen."

Ich sah ihn perplex an. „Was ist das?" Die Frage hätte ich mir sparen können, ich ahnte die Antwort.

Er schmunzelte. „Bücher von Mauthner und Menzl mit Heidesands handschriftlichen Notizen drin. Dann noch ein Originalmanuskript von Menzl und ein handschriftliches Notizbuch von Hedwig Mauthner. Außerdem ein Buch über Mesmer und ein bisschen Papierkram von Heidesand selbst. Er wird denken, ihr hättet es mitgehen lassen."

„Wir sollen Bücher für dich klauen!", regte ich mich auf.

Karl zog eine Augenbraue hoch. „Wieso nicht? Ich rette euch immerhin vor ihm. Außerdem ist es besser für die Welt. Wenn er der Theorie auf der Spur ist, von der ich glaube, dass er es ist, sollten wir ihm das schleunigst wegnehmen. Wir wollen doch nicht, dass einer wie Heidesand mit mehr Glück als Verstand die Weltherrschaft an sich reißt, nur weil er eine Formel über den Sinn des Lebens aufstellen konnte?"

„Weltherrschaft?", spottete ich. „Und du hast natürlich die besseren Qualifikationen dafür, sobald du diese Schriften enträtselt hast?"

Spinner, nichts als Spinner!

Er kam nicht dazu, mir zu antworten, denn es folgte ein bisschen Tumult. Es wurde an der Tür geklingelt, das Phantom verließ den Raum mit seinem Ersatzschlüssel und öffnete den Neuankömmlingen. Zum Glück war es wirklich die SOKO-Campus und nicht etwa Heidesand.

Unsere Retter*innen folgten dem Phantom plaudernd in das Arbeitszimmer des Profs, in dem er uns eingesperrt hatte. Delphine sah sich neugierig um und begutachtete naserümpfend einige der herumliegenden wissenschaftlichen Bücher. Die Autoren schienen ihr zu missfallen. Das Phantom seufzte und setzte sich wieder in den Schaukelstuhl. Dann gab er den Malern ein Zeichen und legte seine Unterarme auf die Armlehnen. „Für die Wissenschaft tue ich alles", erklärte er, als er sich von den Malern mit Kabelbindern an den Stuhl fesseln ließ. Elenore kramte in ihrem Schminkbeutel und verpasste ihm mit ein paar Maskenbildner-Tricks und blaugrauem Lidschatten ein blaues Auge.

„Das war vielleicht ein Kampf! Da kam dieser breitschultrige Maler an und hat mich mit roher Gewalt k.o. geschlagen, noch bevor ich ihm ein Buch an den Kopf werfen konnte! Sie waren zu viert, ich hatte keine Chance … dann müssen sie mich wohl an den Stuhl gefesselt haben. Als ich aufwachte, waren alle verschwunden", übte das Phantom seine Rolle als überrumpelter Wächter und zwinkerte mir mit seinem übel mit Schminke zugerichteten Auge verschwörerisch zu.

Ich nickte anerkennend. „Überzeugend. Sollen wir noch das Schloss demolieren, damit es so aussieht, als wäre es aufgebrochen worden?"

Esat machte sich sofort daran zu schaffen. Elenore verabschiedete sich noch von Hypatia. Dann verließen wir zügig das Haus und Tobi fuhr uns mit dem Malerauto zurück in die Stadt.

16

Elenores Entscheidung

Ich konnte es einfach nicht fassen. Ich hätte nie mit dieser Wendung gerechnet. Womit hatte ich das verdient?

Deshalb hatte Elenore also nicht in angemessener Weise besorgt reagiert, als sie von Heidesands Erpresserplänen erfuhr!

Die Maler setzten uns an ihrer Wohnung ab, sie hetzte sofort durch sämtliche Zimmer und packte im Eilverfahren Sachen in eine geräumige Reisetasche. Ich stand im Flur zwischen den Zimmern und sah diesem Spektakel verwundert zu.

„Was soll das werden?", fragte ich, weil sie sich nicht die Mühe gab, mir zu erklären, was hier abging.

Elenore hielt in ihrer Bewegung inne und warf mir einen eingehenden Blick zu. „Oh Nick, es tut mir Leid, dass du es so erfahren musst. Es war eine spontane Entscheidung. Ich wandere aus."

„Du – was?", rief ich und war mit einem Satz bei ihr. Sie sah verlegen zu mir auf. „Ich habe keine Wahl. Stell dir vor, was passiert, wenn Heidesand und mein Vater wirklich gemeinsame Sache machen ... und selbst wenn nicht, ich muss weg. Das ist mir bei der Entführung klar geworden. Es gibt nämlich eine Bedingung, unter der mich mein Vater mit der Sekte endlich in Ruhe lassen wird. Und zwar dann, wenn ich zu meiner Mutter nach Irland ziehe. Das war so eine Vereinbarung. Ich habe für alle Fälle ihre Adresse. Ich weiß noch nicht, ob ich bei ihr wohnen werde oder nur in ihre Nähe ziehe und sie dann manchmal besuche. Aber mein Vater meinte, wenn ich das tue, lässt er mich mit Mesmer in Ruhe. Aber ich konnte mich bisher noch nicht zu diesem Schritt entschließen … ich habe sie so lange nicht gesehen. Aber ich habe hauptsächlich wegen dir gezögert, ich hatte gehofft …"

Sie sprach nicht weiter und fiel mir schluchzend um den Hals. „Als wir bei Heidesand waren, habe ich übers Handy den Flug gebucht, er geht in fünf Stunden", murmelte sie, den Kopf gegen meine Brust gepresst. Ihre Tränen durchnässten mein Shirt. Ich streichelte ihr beruhigend über den Rücken.

„Schon gut", sagte ich hilflos, obwohl gar nichts gut war. Ich sollte sie schon so schnell wieder verlieren? Das durfte nicht wahr sein! „Wir könnten zusammen fortgehen", sagte sie mit zitternder Stimme und hob langsam den Kopf. „Du kommst einfach nach."

Ein Hoffnungsschimmer erhellte ihr Gesicht. Ich wusste nicht, was ich sagen sollte. „Das Studium könntest du doch auch dort fortsetzen, die meisten Leute beenden es ja nicht einmal …"

„Das kommt etwas … überraschend", sagte ich ausweichend. Auf welche Ideen sie kam!

Sie wurde urplötzlich zickig. „Ich habe es gewusst! Dir sind dein Studium und der lächerliche Detektivjob wichtiger als ich! Irgendwelche Fälle klären könntest du sicher auch woanders … aber da würden dir ja die Professorin Manet und deine Luise zu sehr fehlen!", giftete sie und ließ mich los.

„Elenore, was redest du?"

„Du liebst mich nicht und willst deshalb nicht mitkommen. Ja, ich verlange zu viel von dir. Wir sind zu jung oder zu modern oder zu – jedenfalls passt zusammen durchbrennen nicht mehr in den modernen Lifestyle. Wieso zusammenbleiben und Strapazen auf sich nehmen, wenn man doch innerhalb von fünf Minuten im Internet jemand neues kennenlernen kann? Wozu die Mühe?"

„Elenore!", jaulte ich auf, betroffen über ihre vorwurfsvollen Worte.

Ich wollte mein Leben nicht für sie über den Haufen werfen, ein Leben, das ich gut leiden konnte, das mich beinahe erfüllte und das ohne sie farbloser, grausamer, anstrengender werden würde … aber nicht sinnlos!

Was erwartete sie denn? Dass ich mich vor ihr in den Staub warf und ihr unter Tränen beteuerte, dass mein Leben ohne sie keinen Sinn mehr hätte? Ja, ich liebte sie, aber es war keine Anhaftung bis hin zur Verzweiflung. Ich war erschüttert darüber, dass ich sie vielleicht nie mehr sehen würde, emotional am Ende … und dennoch wusste ich, dass das Leben nach einer gewissen Zeit weitergehen würde. Ich glaubte mir selbst nicht in diesem Punkt, wie das eben so ist in solchen Situationen, dennoch war mir diese Erfahrung nicht völlig unvertraut, auch wenn ich so etwas noch nie in so einem drastischen Ausmaße erleben musste. Sie war es doch, die auswanderte!

Es kam mir vor, als hätten die Filme und Romane Elenore derart beeinflusst, dass sie jetzt eine entsprechende Szene von mir erwartete. Ich wusste nicht, wie ich darauf reagieren sollte. Hoffentlich lebte sie noch nicht zu sehr in ihren selbstgebauten Illusionen, weil wir sonst unweigerlich im Streit auseinander gehen müssten. Weil alles, was ich jetzt hätte sagen können, die Ärmste nur noch mehr verletzt hätte und mir nichts Tröstliches einfiel, umarmte ich sie einfach wieder und zog sie fest an mich. Ich spürte wie sich ihre Hände auf meinem Rücken verkrampften und spürte ihr Zittern, ihr Schluchzen. Mir kamen selbst die Tränen und mir wurde klar, dass mein Leben ohne sie nie mehr dasselbe sein würde. Wenn das Leben überhaupt jemals dasselbe bleibt, aber lassen wir die Erörterungen.

So standen wir nun also da, weinten und sahen dem Abschied entgegen. Ich verlor jedes Zeitgefühl, es hätten kurze Augenblicke sein können oder Lichtjahre. Wir lösten uns seltsamerweise im gleichen Moment voneinander, sodass ich nicht sagen kann, wer von uns beiden zuerst losgelassen hatte.

Elenore lächelte auf einmal tapfer und wischte sich energisch mit einer Hand die Tränen vom Gesicht. „Himmel, bin ich melodramatisch!", rief sie plötzlich aus. „Nick, du musst das sicher total bescheuert finden."

„Nein", sagte ich sanft. „Das ist nicht bescheuert, sondern ehrlich."

„Ja, ehrlich, aber übertrieben!", pflichtete sie mir heftig bei.

„Und du unterstützt das auch noch. Weil du so tolerant bist. Die meisten Typen würden doch sicher die Krise kriegen, wenn ihre Freundin sich so aufführt. Heutzutage müssen ja alle Leute cool sein, als ginge sie nichts und niemand auf der Welt mehr etwas an. Ich möchte nicht so sein und du verstehst das! Wie konnte ich behaupten, dass du mich nicht liebst? Entschuldige … wirklich, es tut mir Leid! Du liebst mich, natürlich liebst du mich! Aber eben auf deine Weise, vielleicht ist das bei jedem Menschen verschieden … oder doch bei allen gleich? Gibt es da irgendeine Norm? Hat die Massenkultur etwa ein Patent darauf, uns vorschreiben zu dürfen, was Liebe ist? Nikodemos, es tut mir Leid, ich sollte jetzt nicht …"

„Philosophieren?", lachte ich unter Tränen. „Doch, doch, ich könnte dir den ganzen Tag dabei zuhören."

„Seit wann kannst du zuhören?"

„Seit … äh … jetzt", rief ich heftiger lachend.

„Siehst du, es ist besser, wenn wir nicht zusammen untertauchen", bemerkte Elenore in einem spontanen Sinneswandel. „Nach kürzester Zeit würden wir uns langweilig werden und was dann? Nein, du hast Recht, es ist besser, wenn ich allein gehe. Du bist so klug und hast das früher durchschaut als ich. So können wir unsere guten alten Zeiten wenigstens auf ewig verklären. Aber wir … werden uns wieder sehen. Erinnerst du dich an die russische Teekultur?", fragte sie dann mit einem vielsagenden Blick.

Sicher, und ob ich mich erinnerte! Uns war einmal aufgefallen, dass die Protagonisten bei Dostojewski erstaunlich viel Tee trinken.

„Wir treffen uns in Sankt Petersburg. Zum Teetrinken. In dem Jahr, in dem du mit dem Bachelor fertig sein solltest. Wir machen den genauen Ort, Tag, Uhrzeit aus. Und dort treffen wir uns dann – komme was wolle! Egal ob wir an dem Tag einen Termin, eine Prüfung, ein Vorstellungsgespräch, ein Date, eine Überschwemmung im Keller oder eine Fugu-Vergiftung haben!"

Ich ergriff gerührt ihre Hände. „Das ist so eine romantische und total verrückte Idee, dass sie nur von dir sein kann, Elenore Rosemary. Aber was, wenn das Teehaus schließt? Oder eine politische Entwicklung die Einreise nach Russland unmöglich macht?"

Sie legte den Kopf schräg. „Gut. Dann machen wir einen Ersatztermin aus. Wenn es allgemeingültige Gründe gibt, warum wir nicht nach Sankt Petersburg reisen können, dann eben London. Da treffen wir uns dann auf einen Cream Tea."

„Und der Brexit?"

„Dann machen wir eben einen dritten Ersatztermin aus. Kaffeehaus in Wien. Trinken von mir aus Kaffee. Zufrieden?"

„Ja schon, aber falls eine Pandemie wie in der dystopischen Literatur ausbricht, dann …"

„Schweig endlich! Hoffen wir einfach, dass es nicht so kommt. Priorität eins ist dann noch immer Sankt Petersburg, dann London, sollte beides unmöglich geworden sein, dann eben Kaffee in Wien. Sollen wir gleich die Termine in der Zukunft und die Orte ausmachen? Ach ja, wir können uns natürlich auch in der Zwischenzeit in den Semesterferien treffen. Ich dachte nur, falls wir uns wirklich aus den Augen verlieren, haben wir eine klare Vereinbarung …"

Ich schüttelte leicht den Kopf. „Das können wir später ausmachen. Den Rest unserer gemeinsamen Zeit sollten wir anderweitig nutzen!"

Sie sah mir tief in die Augen und lächelte verführerisch. „Das hört sich vernünftig an ..."

17

Abschied von der Philosophie?

Jetzt war sie weg und ich würde sie eine lange Zeit nicht sehen. Elenore, die ich nie vergessen würde und die mir das erbärmlichste Erinnerungsstück überhaupt hinterlassen hatte: einen Zitronenbaum.

Den hatte sie auf dem winzigen Balkon ihrer Studentenwohnung stehen gehabt und konnte ihn natürlich nicht mitnehmen. Also hatte sie ihn mir zum Andenken geschenkt. Wenn ich nicht gerade verbittert das Lied vom Augustin summte oder zur Abwechslung „Paint it Black" von den Stones hörte, lief jetzt „Lemon Tree" von *Fools Garden* in Dauerschleife. Ich starrte den Zitronenbaum an, den ich wegen des strömenden Regens ins Haus gebracht hatte und war vom Jammer des Daseins ergriffen.

Das Phantom kam vorbei, um die gestohlenen Bücher abzuholen, die Elenore mir dagelassen hatte. Auch unser Quotenschurke war nicht in mentaler Bestform. Ich kochte uns einen Earl Grey. „Mit Zitrone?", fragte ich und pflückte eine vom Baum. Wenn das Leben dir Zitronen gibt, verdirb deinen Earl Grey damit!

Das Phantom hüllte sich zuerst in Schweigen und starrte nur aus dem Fenster, wo es schüttete. Das Radio lief und spielte

„Baker Street" von Gerry Rafferty. Das melancholische Saxofon konnte mich nicht gerade aufmuntern, es war ein Song über zerstörte Hoffnungen.

Ich schloss mich dem Schweigen des Phantoms ehrfurchtsvoll an. Denn diese Schweigeminute galt *unseren* verlorenen Hoffnungen.

Paradoxerweise schien das Phantom von meinem einstigen Möchtegern-Erzfeind zu dem einzigen Menschen geworden zu sein, der mich in dieser miserablen Lage noch verstehen konnte.

Und ich verstand auch ihn. Seine Suche nach der Wahrheit war ins Leere gelaufen, das merkte ich ihm schon jetzt deutlich an. Sonst hätte er sich sofort auf die Bücher gestürzt. Und ich war elend wegen der Glücksmöglichkeiten, die ich mir von meinem Studium, meinen Ermittlungen und vor allem von Elenore erhofft hatte. Jaja, man soll sein Glück nicht an äußeren Gütern wie Ereignissen, Dingen und Menschen festmachen und blablabla. Manche behaupten, man könne in sich selbst Glück finden, andere sehen Glück als eine Illusion, als etwas nicht Existierendes, was demnach nicht der Mühe wert ist, gesucht zu werden. Mich streifte der Gedanke, ob ich vielleicht unter anderen Umständen glücklicher geworden wäre. Zum Beispiel wenn ich in meinem alten Umfeld in Berlin geblieben wäre oder wenn ich den lächerlichen Versuch, der neue Sherlock Holmes zu werden, unterlassen hätte, wenn ich mich statt Elenore zu lieben mehr um Luise bemüht hätte oder wenn ich mich einfach total auf das Studium konzentriert und viele gute Noten geschrieben hätte.

Ich schob diese verräterischen Gedanken ärgerlich beiseite. Das erste Studienjahr hatte mir viele neue Erfahrungen gebracht, meinen Horizont erweitert und ich wäre wirklich ein undankbarer Nichtsnutz, wenn ich jetzt nicht zugab, dass sie auch einige Augenblicke des Glücks und der Zufriedenheit, ja vielleicht sogar Momente der Euphorie und der Leidenschaft enthalten hatten. Die Existenz solcher Emotionen und Erfahrungen abzuleugnen lag mir fern. Das wäre auch so gekommen, wenn ich mich an bestimmten Punkten meines noch jungen Lebens anders entschieden hätte, wahrscheinlich aber als ein weniger intensives Schwanken zwischen den Extremen. Es war das ewige Wechselspiel des Lebens, irgendwo in der Mitte zwischen Komödie und Tragödie angesiedelt, ohne dabei automatisch zu einer Tragikomödie zu werden.

„Ich war so dumm", kam es plötzlich verdrossen vonseiten des Phantoms. „Ich dachte wirklich, ich würde die Wahrheit finden. Erfahren, was Wissen ist."

Der Regen prasselte gegen das Fenster. Ich starrte hinaus, als ich antwortete. „Tja, da bist du nicht der Erste. Willst du die Bücher?"

Das Phantom schnaubte. „Eben. Das Scheitern meiner Vorgänger hätte mir eine Lehre sein sollen. Diese Verschwörungstheorie hat sich einfach zu gut angehört, um wahr zu sein … du kannst die Bücher gern behalten und ein bisschen forschen. Ich glaube nicht mehr daran, dass ich nur die richtigen Schlüsse ziehen muss und sich mir prompt die Weltweisheit erschließt. Die Notizen gehören dir."

„Woher der plötzliche Sinneswandel?", fragte ich das Phantom.

„Die Ballade *Das verschleierte Bild zu Sais* von Schiller hat mich nachdenklich gemacht. Im alten Ägypten will so ein junger Kerl die Wahrheit erkennen und wird bei dem Versuch wahnsinnig. Ich will auch echt keine Überdosis

Fauststoff riskieren! Manet hat Recht. Solche Leute wie Heidesand bringen einen nur auf falsche Fährten."

„Und ich weiß nicht, was ich dachte … dass ich einfach nur in einem alten Detektivmantel herumlaufen muss und die Leute mit kryptischen Sprüchen nerve und dadurch dem Rest der Welt überlegen bin?", beklagte ich meine absurde Karriere als Philosophiedetektiv.

Das Phantom rührte in seinem Tee. „Besser Detektiv, als Phantom, würde ich sagen. Ich dachte, ich könnte mehr Einfluss auf die Welt ausüben, indem ich mich ihr entziehe und hinter den Kulissen agiere. Ich habe dich in diese Story der wechselnden Identitäten eingeweiht. Vielleicht sollte ich dich wieder ausweihen und neu beginnen. Was ist eigentlich mit uns falsch gelaufen, dass wir so ticken? Wie bin ich darauf gekommen, dass es sich als Phantom gut lebt?", sinnierte er.

In diesem Moment wechselte das Radioprogramm zu „Nowhere Man" von den Beatles und er warf dem Radio einen beleidigten Blick zu.

„Vielleicht … haben wir die falschen Bücher gelesen? Don Quixote ging es auch so. Und Madame Bovary, das hat Elenore einmal erzählt. Menschen, die sich Illusionen über das Leben machen, weil sie zu viel gelesen haben. Bei uns kommt noch die philosophische Fachliteratur hinzu – was soll ich sagen? Jetzt holt uns eben die Realität ein. Elenore kann nicht bei mir bleiben, du hast die Wesensdefinition des Wissens doch nicht gefunden und wir beide geben als Detektiv und Phantom ein erbärmliches Bild ab. Wir werden auf diese Weise das Weltgeschehen nicht maßgeblich beeinflussen können. Wir haben versucht, unseren eigenen Mythos zu erschaffen, uns Bedeutung zu verschaffen. Was bleibt? Ein wirres Fantasiegebilde junger Intellektueller mit Geltungsdrang."

Das Phantom verzog leicht das Gesicht. „Du klingst so depressiv. Sind wir wirklich nicht mehr als das? Was wir erlebt haben ist selten. Die Wenigsten können so etwas von sich behaupten! Ich jedenfalls werde nicht so schnell aufgeben."

„Was hast du vor?", fragte ich desinteressiert. Das fehlte mir gerade noch. Der sollte jetzt bloß nicht seine Motivation wiedergewinnen. Wir waren gerade so eine schöne leidvolle Schicksalsgemeinschaft geworden und die wollte der alte Betrüger schon nach einer Viertelstunde der Schwermut wieder verlassen, um neue Pläne zu schmieden? Wie geschmacklos!

„Ich für meinen Teil brauche eine Pause von der Philosophie …", begann er seine Erklärung. Ich nickte widerwillig. So weit, so verständlich. „Und ich glaube, das könnte auch dir gut tun. Klar, ich verlange nicht, dass du jetzt dein Studium aufgibst. Aber die Dosis macht das Gift. Ich glaube, ein Entzug täte dir ebenfalls gut."

„Ein Philosophie-Entzug?"

„Exakt. Ich habe übrigens mit Heidesand gebrochen und wohne nicht mehr bei ihm. Also Nikodemos, wir sind inzwischen schon so weit abgedriftet, dass wir gar nichts mehr wissen. Wir haben vieles verloren, was uns wichtig erschien. Es könnte nun ein Wendepunkt gekommen sein, an dem wir eine neue Richtung einschlagen sollten. Die

Philosophie ist ein Werkzeug, sie schult das tiefe Denken, das kritische Hinterfragen, sie lehrt das Analysieren komplizierter Texte und Sachverhalte. Doch was nützt dieser Werkzeugkasten, wenn man damit nichts aufbauen, nichts reparieren kann?"

„Du willst deine eigene Philosophie aufbauen, mit dem Werkzeug aus der Uni?", erriet ich sein Vorhaben.

„Das wollte ich", gestand er. „Doch vorher will ich testen, ob ich sie wirklich brauche. Ich werde mich zwei Jahre in die echte Welt begeben und versuchen, mich dort zu engagieren. Etwas Nützliches, Soziales, Ethisches tun! Dadurch kann ich dann entweder die Philosophie oder den Rest der Welt als faulen Zauber entlarven. Oder die Philosophie als nützliche Ergänzung für meinen Beitrag betrachten."

„Hat Luise dir ihr Manifest zu lesen gegeben?", fragte ich spöttisch und überlegte zugleich, ob ich ihm nacheifern sollte. Mein Studium würde ich in der Zwischenzeit zwar noch abschließen, aber in meiner Freizeit die verschiedenen philosophischen Theorien nicht mehr als Lebensersatz betrachten. Stattdessen zwei Jahre so gut wie möglich versuchen, die eigenen Ideale in die Tat umzusetzen. Danach? In die Welt des Denkens zurückkehren oder ihr für immer den Rücken kehren.

„Meinst du, das klappt?", fragte ich. „Sind wir nicht schon zu sehr von der Liebe zur Weisheit durchdrungen und ver- bogen? Können wir überhaupt zurück zum *common sense*?"

Er winkte ab, als wolle er mit dieser Handgeste meine Zweifel zerstreuen. „Wie sollen ja nicht zurück, sondern woanders hin. Sieh es als Experiment. Kein Gedankenexperiment mehr, sondern Feldforschung. Durchführung im echten Leben. Bist du dabei?"

Er hatte mich überzeugt. Bald würde ich mit den Malern in eine WG ziehen und die Professorin Delphine Manet verlassen. Ihrem Versuch mit der Vernunfttherapie war ich es irgendwie schuldig, etwas Sinnvolles zu tun. Auch Luises Studium neigte sich in absehbarer Zeit dem Ende zu und bald würde sowieso alles anders werden.

„Gut", sagte ich. „Abgemacht."

Und wir prosteten uns mit den Teetassen zu. „Ich bin dabei. Ich werde mein Amt als erster offizieller Philosophiedetektiv niederlegen und du wirst dein Unwesen als universitäres Phantom der philosophischen Fakultät beenden. Die Reise der Narren hatte also wohl doch noch nicht angefangen, dabei dachte ich, sie sei bereits in vollem Gange ... also, wir wollen das Uni-versum nicht mehr als alleingültige Realität sehen und stattdessen ein hilfreicher Teil der Welt da draußen werden. Ist das der Plan?"

Das Phantom nickte feierlich. „So ist es, mein Freund. Wir sind nicht die ersten Philosophen, die das versuchen. Es waren mehr von unserer Sorte im praktischen Leben engagiert, als man glaubt! Ich habe schon eine ganze Liste mit politisch und sozial engagierten Philosophen und Philosophinnen geschrieben. Womit fangen wir an?"

Ich zog eine Grimasse, die sich schnell in ein Grinsen verwandelte. „Vielleicht hat Luise eine Idee. Aber zuerst könntest du mir endlich deinen Namen verraten! Wer bist du, wenn du nicht Gregor, nicht Arthur, nicht Karl Sandemar und auch nicht mehr das Phantom der Uni bist?"

Er erwiderte meinen Blick und meine Frage. „Wer bist du, wenn du nicht mehr Nikodemos Haselhuhn, der Universitätsdetektiv bist? Wer sind wir überhaupt, wenn wir nicht mehr die sind, für die wir uns selbst gehalten haben? Ich glaube, es ist an der Zeit, uns neu zu erfinden. Nichts bleibt, alles ist Veränderung. Alles hat seine Zeit. *To everything - turn turn turn*. Wenn eine neue Phase im Leben beginnt, dann muss man sich eben neu erfinden."

„Es sei denn, das ist überhaupt nicht möglich, weil …", fiel ich ihm ins Wort. Und wir lachten. Die philosophischen Angewohnheiten würden schwer abzulegen sein.

Nachwort:

Jo Leute, hier ist wieder der Maler Tobi.

So geht also die Zeit als Detektiv für Nikodemos Haselhuhn zu Ende. Und ich bin doch nicht sein Biograf geworden, sondern nur ein Kommentator seiner Autobiografie. Aber immerhin. Hätte nicht gedacht, dass mich das Leben mal in die Welt der Literatur führt. Es gibt eben immer wieder Überraschungen. Auch Unangenehme.

Der ehemalige Detektiv und das ehemalige Phantom hatten also den heroischen Entschluss gefasst, in der Tradition von Simone Weil, Albert Camus, Bertrand Russell, Arne Naess und vielen anderen, sich neben der philosophischen Theorie verstärkt für praktische Angelegenheiten einzusetzen. Für mehr Frieden und Gerechtigkeit und diese Dinge.

Wir feierten eine lustige Party im Herosé-Park um darauf anzustoßen. Doch das Lachen verging uns schon bald, denn diese verdammte Pandemie folgte!

Ein Wahnsinns-Chaos brach auf der ganzen Welt aus, das Virus war zwar nicht so radikal wie in solchen Katastrophenfilmen, aber es reichte locker für den Ausnahmezustand. Nikodemos war gerade zu Esat und mir in unsere Konstanzer WG gezogen. Es gab dann Kontaktbeschränkungen und alles. Aber ich will jetzt nicht so genau darauf eingehen. Wer das hier in ein paar Jahrzehnten liest und die Pandemie nicht miterlebt hat, kann ja recherchieren, was in der Welt abging. Alle anderen wissen, wovon ich spreche.

Jedenfalls hat das die Pläne von Nikodemos und seinem neuen Kumpel ziemlich durcheinander gewirbelt, denn in einem Krankenhaus wollten sie auch nicht gerade arbeiten, nur um sich nützlich zu machen.

Also hat Nikodemos erst mal mit meiner Hilfe den Anfang seiner Autobiografie geschrieben und veröffentlicht. Wir planten damals, eine Krimireihe daraus zu machen. Doch er war irgendwann so frustriert über die Pandemie, dass er beschlossen hat, die wahre Geschichte über das Ende seiner Detektivlaufbahn zu verraten, anstatt so ein drittklassiger Serienschreiber zu werden. Er wollte frei sein für andere Tätigkeiten. Auch wenn diese Freiheit momentan ja sehr eingeschränkt ist.

Luise hat sich natürlich gleich auf ein neues soziales Engagement gestürzt und Essen für Obdachlose verteilt. Nikodemos hat ihr sogar dabei geholfen, schließlich will er nun Gutes tun. Er hat aber vor allem Briefe mit philosophischen Zitaten, die seiner Meinung nach in allen Lebenslagen nützlich sind, den Lunchpaketen für die Obdachlosen beigelegt. Er muss hoffen, dass keine Analphabeten dabei sind, sonst nützen die aufbauenden Worte weniger. Aber vielleicht hilft es ja irgendeiner Person, wenn sie einen schlauen Satz liest. Weiß ich doch nicht.

Delphine Manet schreibt einen Ratgeber, den sie nach ihrem Studenten benennen will: „Die Nikodemische Ethik". Ein Insider-Witz über „Die Nikomachische Ethik" von Aristoteles. Damit es nicht zur Verwechslung mit der Fortsetzung von Nick´s Autobiografie kommt, haben wir in Anlehnung an Camus den Titel durch das Absurde ergänzt: „Absurde Nikodemische Ethik".

Das ehemalige Phantom wusste zuerst nicht, was tun und schreibt jetzt Essays darüber, dass man den Begriff „Querdenker" vor den Querdenkern retten muss. Das sind nämlich solche Freaks, die die Pandemie leugnen. Er ist ziemlich erbost, dass sie das schöne Wort für ihre Zwecke missbrauchen, wo doch die Geschichte des Begriffs viel länger ist und sogar Nikodemos ihn nichtsahnend im ersten Band seiner Autobiografie verwendet hat!

Heidesand ist inzwischen ein prominenter Verschwörungs-theoretiker geworden. Das Nicht-Phantom ärgert ihn gerne mit Artikeln, in denen es vor Verschwörungstheorien aller Art warnt.

Ist es das, was sich Philosophen unter sozialem Engagement vorstellen? Aufbauende Briefe an fremde Menschen und Artikel über gesellschaftlich relevante Themen schreiben? Wenn so ihr Entzug von der Philosoph so aussieht, dann wird ihnen die Entsagung nicht schwerfallen.

Ey, wenn ich mir das so überlege, habe ich wohl echt Glück, dass ich nie so tief ins Denken geraten bin – das muss ja die Hölle sein! Wie eine Sucht, die man nie wieder ganz los wird. Da streiche ich doch mit Vergnügen Wände und schreibe ein paar Raps und ein paar Kommentare zum Leben des Nikodemos Haselhuhn und das war´s.

Bin echt gespannt, was aus ihm und den anderen hier wird!

Muss er dann mit 80 Jahren in seiner *echten* Autobiografie erzählen.

Psychotest: Philosophische Typologie

Dieser Test wurde von Elenore Rosemary Maurus in Irland entwickelt. Der Grund: Langeweile im Lockdown. Nikodemos besteht darauf, den Test hier als Special abdrucken zu lassen. Doch man sollte weder die Fragen noch das Ergebnis besonders ernst nehmen und es wird auch keine Haftung für eventuelle Sinnkrisen übernommen. Wie immer gilt: Philosophieren auf eigene Gefahr!

1. Studierst du Philosophie?

a) Ja klar, was denn sonst?!

b) Ich beschäftige mich mit Philosophie, damit ich gewinnbringende Ideen für mein soziales Engagement einbringen kann

c) Ich entwickle bereits meine eigene Philosophie

d) Schwer zu sagen, ob man das als „Studium" definieren kann … muss es unbedingt in der Uni sein?

e) Nein, ich habe einen lebenspraktischen Beruf oder ein Studium, das auf einen guten Job abzielt

2. Worüber diskutierst du gern bzw. worüber denkst du oft nach?

a) Erkenntnistheorie, Logik, Wissenschaftstheorie … was ist Wissen, was kann ich wissen, mit welchen Methoden kann ich es herausfinden?

b) Wie könnte eine gerechte und friedliche Welt aussehen, warum sind manche Menschen benachteiligt, wie steht es um Tier- und Klimaethik? Was sollte man verändern?

c) Alles! Die Rätsel der menschlichen Existenz und Freiheit, übernatürliche Phänomene und das Universum selbst ...

d) Was ist das gute Leben? Wie finden andere Menschen und ich Erfüllung? Was ist Glück?

e) Die Nachrichten, meine Arbeit, meine Freizeit, neue Trends in Ernährung, Sport und Musik, Freund*innen und Familie

3. Was ist dein Hobby?

a) Entwicklungen in der Wissenschaft mit philosophischen Theorien verknüpfen, Logikrätsel lösen

b) Engagement in Vereinen/Organisationen/Diskussionsgruppen

c) Krisenexperimente, riskante Selbstversuche, provokante Fragen stellen

d) Lesen (Romane/ Ratgeber), Reisen, spirituelle Sinnsuche

e) Sport, Musik, Filme schauen, Freund*innen treffen ...

4. Wähle ein Sprichwort.

a) Cogito ergo sum. (Descartes)

b) Verletze niemanden, vielmehr hilf allen, soweit du kannst. (Schopenhauer)

c) Die Existenz geht der Essenz voraus. (Sartre)

d) Es gibt keinen Weg zum Glück. Glücklich sein ist der Weg. (Buddha)

e) Auch aus Steinen, die einem in den Weg gelegt werden, kann man etwas Schönes bauen. (Pseudo- Goethe)

5. Du triffst eine(n) (andere/n) Philosoph*in − deine Reaktion?

a) Mal testen, ob er/sie gültige und gelungene Argumente vorbringen kann!

b) Hoffentlich haben wir eine ähnliche gesellschaftspolitische Anschauung, sonst wird unsere Diskussion echt heftig

c) Ich lade ihn/sie bei einem Drink zu einem gewagten Gedankenexperiment ein, das er/sie nicht so schnell vergessen wird. Und wir beklagen die Absurdität des Ganzen.

d) Wir diskutieren die Bedingungen eines glücklichen Lebens und ich zitiere diverse Kalendersprüche bekannter Philosoph*innen aus aller Welt

e) Da hoffe ich doch mal, dass er/sie heute zufällig über andere Dinge reden will, als über Philosophie!

6. Du landest in einer kontrafaktischen Welt - und nun?

a) Ich beobachte alles ganz genau und ziehe Schlüsse. Ich wollte schon immer mal live in einem Gegenbeispiel herumlaufen!

b) Ist es hier besser oder schlechter als in meiner Welt? Je nachdem verwende ich es als Beispiel für eine erstrebenswerte Utopie oder eine abschreckende Dystopie.

c) Wow, krass! Endlich hat es geklappt! Vielleicht kann ich noch in andere mögliche Welten springen!

d) Das ist mir jetzt aber zu unrealistisch. Man muss ja doch in der eigenen Welt klarkommen und sollte nicht über so einen Blödsinn nachdenken.

e) Was für eine Welt? Nie gehört. Hat das was mit Fake-News zu tun?

7. Über wen machst du dich (heimlich) lustig?

a) Menschen, die permanent mit Fehlschlüssen argumentieren, vor allem Politiker*innen

b) Philosoph*innen die sich nicht für relevante ethische und politische Themen unserer Zeit interessieren, sondern nur alte Bücher lesen und abstraktes Zeug labern

c) Philister*innen, die Angst vor existenziellen Fragen haben

d) Alle, die denken, sie hätten die Weisheit für sich gepachtet

e) Intellektuelle Schwätzer*innen, die sich immer nur wichtig machen, aber es nicht schaffen, die einfachsten Alltagsaufgaben zu erledigen. Die sollten was Anständiges arbeiten!

8. Du hast eine wichtige Aufgabe zu erledigen ...

a) Ich überlege mir, wie eine logische Vorgehensweise ist und welche Probleme auftreten könnten

b) Eine? Es gibt viel mehr zu erledigen!

c) Das glaube ich nicht. Das ist nur eine Illusion, die ich mir mache, weil ich sonst erkennen müsste, dass das Leben letztlich sinnlos ist.

d) Hm. Vielleicht sollte ich meine Prioritäten neu ordnen. Vielleicht ist diese Sache gar nicht so wichtig. Vielleicht sollte ich erst einen schönen Spaziergang machen und mich entspannen?

e) Ich erledige die lästige Aufgabe. Aber dann habe ich mir eine Belohnung verdient! Erst die Arbeit, dann das Vergnügen.

9. Was wäre das Motto deiner philosophischen Gruppe?

a) Durch Logik zur Vernunft

b) Durch Ethik zu einer besseren Welt

c) Durch Wahnsinn zur Erleuchtung

d) Gemeinsam auf der Suche nach dem Sinn des Lebens

e) Fragt nicht ständig nach dem Sein, trinkt doch lieber Bier und Wein!

10. Die Welt befindet sich in einer Krise ...

a) Das war doch wahrscheinlich, dass es so weit kommt. Ich beschäftige mich derweil lieber mit möglichen Welten.

b) Kann ich irgendetwas tun oder einen guten Rat geben? Wo wird mein Einsatz verlangt?

c) Die Welt *ist* eine Krise. Und ich hatte auch schon vor der sogenannten „Krise" meine Krisen – *so what*?

d) Das ist traurig, denn es stört meine Erwartungen. Vielleicht hat es einen Sinn und wir Menschen müssen diese Er-

fahrung machen, um etwas zu lernen und neue Wege einzu-
schlagen.

e) Das ist so blöd! Mein ganzer Alltag wird durcheinander
geworfen und ich kann nichts dafür! Womit habe ich das
verdient, wer ist Schuld daran? Wann kehrt endlich die Normalität zurück?

Ergebnis:

Ja, es ist tatsächlich das simple Prinzip ... zähle die Buchstaben. Welchen Buchstaben hast du am Häufigsten?

a) Theoretische/r Philosoph*in

Das Uni-versum ist deine Welt, die analytische Philosophie dein Zuhause. Die akademische Philosophie passt gut zu dir, denn du interessierst dich für die anerkannten Disziplinen Logik, Wissenschaftstheorie und Erkenntnistheorie. Du bist ein klar denkender Mensch und hast selbst bei den abstraktesten Fragen immer den Überblick. In einer Diskussion durchschaust du sofort alle Fehlschlüsse!

b) Praktische/r Philosoph*in

Du interessierst dich für Philosophie, die mit dem praktischen Leben und gesellschaftlichen Fragen zu tun hat. Der Bezug zu Ethik, Politik und philosophische Praxis sind für dich zentral. Du engagierst dich entweder selbst für einen guten Zweck oder arbeitest Konzepte aus, die zu einer besseren Welt beitragen könnten. Ein Bezug zur Empirie muss für dich immer dabei sein.

c) Provokante/r Philosoph*in

Die Grenzphänomene der Philosophie haben es dir angetan. Die Fragen, die sich die meisten Menschen nicht stellen wollen. Die Wunder und Schrecken unserer Existenz, das was hinter den Dingen liegt. Auch übersinnliche Phänomene beschäftigen dich und du bist offen für neues. Manche mögen dich dank deiner alternativen Methoden für eine/n Spinner*in halten, aber vielleicht bist du auch nur Visionär*in.

d) Suchende/r Philosoph*in

Ob du nun offiziell Philosophie studierst oder nicht, du suchst Antworten auf deine Fragen. Dir ist bewusst, dass du diese Antworten nicht nur in der Uni finden wirst, sondern auch in der Kunst, auf Reisen, in der Natur und in der Begegnung mit interessanten Menschen. Besonders die Frage nach der Verwirklichung des guten, sinnerfüllten und glücklichen Lebens beschäftigt dich.

e) Alltagsphilosoph*in

Verstaubtes Buchwissen, abstrakte Diskussionen und ethische Dilemmata sind nicht gerade deine Lebenswelt. Du hast deine eigene Lebensphilosophie, die sich in deiner Arbeit und den Beziehungen zu Freund*innen und Familie ausdrückt. Du lebst im Jetzt und was du tust, soll ein konkretes Ergebnis haben. Du bist sehr produktiv und verschwendest wenige Gedanken an die großen Lebensfragen. Danke! Ohne dich hätten wir Philosoph*innen nämlich noch ganz andere Probleme …

abcde) Philosophisches Phantom

Schon klar. Du hast keine feste Identität und wechselst deine Persönlichkeit mindestens so oft wie deine Sneakers. Du willst den Test *ad absurdum* führen und hast deshalb „überall gleich viel". Aber wir wissen ja … irgendwann wird dir deine radikale Freiheit unerträglich und du schließt dich freiwillig einer der vorgegebenen Möglichkeiten an.